KB262674

한국여성작가연구

최정희·김지원

한국학술정보㈜

한국여성작가연구

최정희·김지원

서동수 지음

한국학술정보㈜

한국근현대문학에서 여성문인의 위치는 어디일까? 문학사에서 그들의 좌표를 설정하는 일은 그다지 어려운 일이 아닙니다. 오늘날 너무나 많은 여성문인들이 한국문학을 풍요롭게 해주고 있기 때문입니다. 그럼에도 여성문인들, 특히 근대문학을 짊어지고 온 그들을 다시 소환해야 하는 이유는 너무나 많습니다. 많은 관심과 연구가 이루어지고 있지만, 그들의 '민얼굴'에 대한 갈증은 여전합니다. 여기에는 그들의 문학적 완성도도 한몫을 하겠지만, 여전히 '여성'이라는 이름에 붙어 있는 무의식적 차별의식도 무시 못 할 듯합니다. 지금도 그러하니 그 당시는 미루어 짐작이 가고도 남습니다.

근대여성문인들에게 있어 삶의 시공간은 '여성'으로서의 길이 견고하고도 명확했던 시대였습니다. 루카치의 말을 조금 비틀어 말한다면, '하늘엔 전근대적 규범의 별이 있고, 그 별이 그녀들이 가야 할 여성의 길을 환히 비춰주던' 그런 세계였습니다. 게다가 식민지라는 역사적 시공간은 그녀들에게 남녀의 차별을 넘어 또 다른 억압의 짐을 부여했습니다. 이중의 짐을 진 그녀들이 '작가'라는 직업을 택하는 순간 제3의 짐을 지는 '문제적 개인'의 등장이 시작된 것입니다. 여성의 규범과 윤리가 완고하던 때, 작가가 되겠다는 것은 스스로 '반항아'가 되겠다는 선언에 다름 아닙니다. 반항아를 향한 고운 시선은 기대하기 힘듭니다. 그들이 문단에 등장하기 시작하자, 남성 작가들은 그들의 정체성을 규정하려 했습니다. 그들은 '남성' 작가들의 보이지 않는, 때로는 너무나 표 나게 드러난 위계 속에서 자신의 정체성을 드러내야 했습니다. 그리고는 사회를 향해 여성의, 아내의, 자식의 목소리를, 때로는 식민지 민중의 목소리를 힘껏 외쳤습니다. 그 반향은 예상 외로 컸으며, 그래서 일제는 그녀들을 제국의 목소리로 쓰려는 교활함을 보였습니다. 아쉽게도 일제 문화의 대변인을 한 그들도 있었습니다.

여성문인들의 삶과 작품 속에는 우리 근대사의 질곡이 그대로 담겨 있습니다. 그들을 만난다는 것은 곧 근대사와의 조우이기도 합니다. 이 책은 그들에게 대한 이해를 돕고자 하는 데서 시작했습니다. 그래서 조금은 편하게 받아들일 수 있고 그들의 삶과 문학을 전체적으로 조망할 수 있도록 기획했습니다. 또한 책 말미에는 대표작을 실었기에 그들의 문학세계를 직접 감상할 수 있습니다. 아무쪼록 이 조그마한 글들이 때론 잊혀지고, 소외받았던 그녀들을 널리 알리고 이해하게 되는 계기가 되길 바랍니다.

여기에 소개된 최정희·김지원·나혜석은 한국문화원연합회 경기도지회에서 간행한 『경기도 여성문인 Ⅱ - 현대편』(비매품)에 수록되었던 글입니다. 경기도지회의 양해를 얻어 단행본으로 출간하게 되었습니다. 오식을 바로잡았으며, 부정확한 문장과 내용은 수정보완하였습니다.

차례

1부 **최정희의 삶과 문학**　011

01 들어가는 말　013

02 최정희의 생애　015

03 작품세계　029

04 나오는 말　067

05 참고문헌　070

06 작가 연보　071

〈부록 1〉 대표작 감상 〈정당한 스파이〉　074

〈부록 2〉 대표작 감상 〈흉가〉　081

2부 **김지원의 삶과 문학**　097

01 들어가는 말　099

02 김지원의 생애　101

03 작품세계 – 〈사랑의 예감〉을 중심으로　113

04 나가는 말　140

05 참고문헌　142

06 작가 연보　143

1부

최정희의 삶과 문학

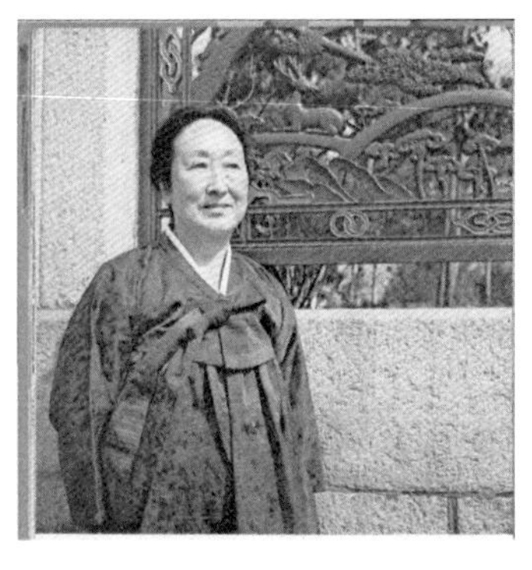 들어가는 말

여성으로 산다는 것은 무엇을 의미할까. 그것도 가부장적 질서가 여전히 견고하고, 일제의 식민정치가 서늘하던 시기에 여자로서, 여류 문인으로서 산다는 것은 어떠한 의미를 함축하고 있는 것일까. 이러한 물음에 어울리는 한 사람이 있다. 바로 최정희다. 그녀의 일생은 참으로 파란만장했다. 한의사였지만 예술가적 기질을 가지고 계셨던 아버지의 외도와 그로 인한 가난의 고통, 일찍이 가출을 통해 홀로 서는 법을 배워야 했고, 혼자서 일본에 갔으며, 넘치는 끼를 감출 수 없어 가수와 배우가 되려 했던, 참으로 시대조차도 버거워 했던 여자, 최정희. 아버지의 외도에 몸을 떨어야 했던, 홀로 된 어머니가 4 남매를 키워야 했던 그 외도의 죄를 자신이 범하게 된 최정희. 그 남편도 결국 한국전쟁 때 잃어버려야 했던, 그래도 문학이 좋아 끝끝내 문학을 놓지 못했던 최정희. 감옥살이를 통해 비로소 진정한 작가가 되었던 최정희. 그녀의 삶은 그저 예외적인 한 개인의 운명이었을까.

루카치의 말이 떠오른다. '근대는 빛을 잃어버린 시대'라고, 그래서 인류는 저 컴컴한 암흑의 길을 방황할 수밖에 없다고. 본질을 찾아 떠나는 문제적 개인이 탄생하는 순간이었고, 최정희는 그 문제적 개인의 영역 속으로 들어가고 있었다. 이유는 단 하나, 시대가 요구하는 여성의 삶으로부터 스스로 일탈한 순간 그녀는 루카치가 말한 문제적 개인의 운명을 받아들인 것이다. 일제 식민지 시대로부터 한국전쟁과 4·19, 5·16 쿠데타 그리고 산업화라는 한국의 근현대사를 온몸으로 살아온 그녀는 어찌 보면 이미 문제적 개인이었을 것이다. 한국 근현대사와 문학사의 문제적 개인 최정희, 그녀의 삶을 만날 시간이다.

02 최정희의 생애

1) 유년 시절

최정희는 1906년 함경북도 성진군 예동에서 아버지 최재연과 어머니 조덕선의 사이에서 사남매 중 장녀로 태어났다. 아버지 최재연은 한의사였지만 재물에는 큰 관심이 없어 보였으며 풍류를 즐기는 인물이었다. 누구에게나 마찬가지이겠지만 최정희에게도 아버지의 영향은 크게 작용했다. 한의사였던 아버지 최재연의 의술은 인근 마을에서 꽤 유명했었다. '최의원이 온다'라는 말만 들어도 병이 낫는다는 소문이 날 정도였다. 이 정도면 가산을 모으는데 전혀 문제가 없어 보였지만 아버지 최재연은 금전적인 것에 관심이 없었다. 아마 풍류적인 성품에서 기인한 듯한데, "당연히 알 만한 상식에 전혀 깜깜한 거라든가, 감정의 굴곡이 심한 거며, 술과 여자를 좋아하는 거며, 무엇에 빠졌다 하면 금방 극단으로 치달아 광기에 이르는 등, 합리적인 점이나 논리적인 점은 터럭만큼도"[1] 없었다.

---

1) 서영은, 『전기소설 최정희-강물의 끝』, 문학사상사, 1984, 9쪽; 최정희의 『젊은날의 증언』, 육민사, 1962, 참조.

사실상 그는 밤늦게까지 글을 읽었고, 신문지에다 빡한 틈 없이 글을 쓴 뒤에라야 버렸다. 환자가 없을 때면 아랫방과 웃방을 왔다 갔다 하면서 입속으로 시를 뇌었다. 그럴 때의 그는 위도 뭣도 다 안중에 없고 홀로 詩仙의 경지를 오락가락 했다.[2]

아버지의 풍류 기질은 사교적 기질보다는 예술가적 기질에 가까웠고 이는 그대로 최정희에게 옮겨왔다. 밤늦게까지 글을 읽는 열정과 입속으로 시를 읊조리는 문학적 감수성은 주위의 시선도 아랑곳 하지 않는 '詩仙'의 경지가 최정희에게 전해져 오늘의 최정희를 만든 것이다. 아버지의 풍류 기질은 또한 호방함으로 나타나기도 했다. 가난한 환자들에겐 돈을 받지 않았으며, 간혹 다음에 갚겠다는 사람들에게는 되려 "야, 이 새끼야 니가 무슨 돈이 있다고 요다음이야. 어서 가!" 하고 무안을 주기 일쑤였다. 병을 대함에는 자상하고 용의주도하지만 대인관계는 모나고 괴팍했다. 은혜를 입은 환자들이 선물을 보내오면 그 귀한 선물들을 마구잡이로 울 밖에다 집어던지는 결벽증을 보이기도 했으며, 다른 의원에서 좋은 않은 약을 쓰다가 병이 악화되어 찾아오면 약 봉지를 집어던지기도 했다. 이런 성향 때문이었을까? 최정희는 일찍이 사회주의 경향에 눈을 뜨고, 감옥 생활을 할 때도 결코 비굴하지 않았다. 스스로 말한 것처럼 감옥생활이 오히려 안식이었다고 말할 수 있는 호방함은 그대로 아버지를 닮았다.

---

2) 서영은, 위의 책, 9쪽.

최정희에 대한 아버지의 사랑은 매우 극진했던 것으로 보인다. 최정희는 수필집에서 "단 하나인 아들은 아무렇게나 구시면서도 딸인 나에게는 다섯 살 때부터 獨訓長을 앉히고 글을 가르쳐 주신다, 글씨를 배워 주신다, 당나귀를 태와 가지고 다니시며 글씨 자랑을 시킨다. 천하에도 다시없는 귀염둥이로 알어 야단"[3]스러운 애정을 보였다.

그러나 그토록 자신을 사랑해주시던 아버지의 배신, 즉 첩살림을 차려 집을 나간 사실은 최정희에게 매우 충격적인 사건이었다. 생활고뿐만 아니라 일종의 정신적 외상이 되었고 이것이 최정희 작품에서 남성과의 새로운 관계를 저지시키는 작용을 하였던 것이다. 반면 어머니 조덕선은 무학(無學)이지만 한글을 독학하였으며, 종교적 힘에 의지해 남편 없는 서러움을 견디었을 뿐만 아니라 시장에서 떡 장사와 엿 장사로 힘들게 자식들을 키워나갔다. 아버지에 대한 배신감과 어머니의 강한 모성애는 최정희 문학에서 여성성과 모성이라는 큰 줄기를 형성하였다.[4]

모성애의 끝없음과 부성애의 일시적인 모습을 체험하고 자란 최정희에게 모성회귀는 당연한 결과였다. 최정희의 대표작이라 할 수 있는 〈인간사〉에서 가장 중요한 혈통은 모계

---

3) 최정희, 『젊은 날의 증언』, 육민사, 1962, 116쪽.

4) 어머니에 대한 마음은 수필집 『젊은 날의 증언』 중 「나의 어머니」 (1), (2), (3)에 잘 나타나 있다.

혈통이다.5) 자식을 버리고 떠난 아버지 대신 온갖 고난을 이겨내며 최정희 4남매를 키운 어머니에게서 최정희가 느끼는 애정의 정도는 분명 부계보다는 모계였다. 그럼에도 자신을 각별히 사랑해 주던 아버지가 자신을 버렸다는 것과, 어머니가 평생을 걸쳐서 기다려 온 아버지에 대한 그리움, 아버지는 경제권을 가지고 있어 그에게 가면 공부를 할 수 있고, 배고픔도 면할 수 있다는 생각은 어린 시절의 최정희에게 부권에 대한 양가적인 가치를 형성하게 했으며, 이것이 최정희 작품 전반에 걸쳐서 부권에 대한 갈구와 체념이라는 성향을 낳게 했다.6)

2) 학창시절과 '신건설' 사건

최정희는 보통학교 5학년 1학기를 마치고 나서 경성 유학을 떠나는 친구 천금이(千金)를 따라 가출한다. 1924년 18세의 나이로 동덕 여학교 1학년 2학기에 편입하였다가 1925년 숙명 여학교 2학년에 다시 편입하여 1928년 19회로 졸업한다.

---

5) 박정애, 「최정희 소설에 나타난 여성적 글쓰기의 특성 연구」, 서울대 석사논문, 1998, 22쪽.

6) 이연옥, 「최정희의 〈인간사〉에 나타난 작중인물 연구」, 공주대 석사논문, 2001, 10쪽.

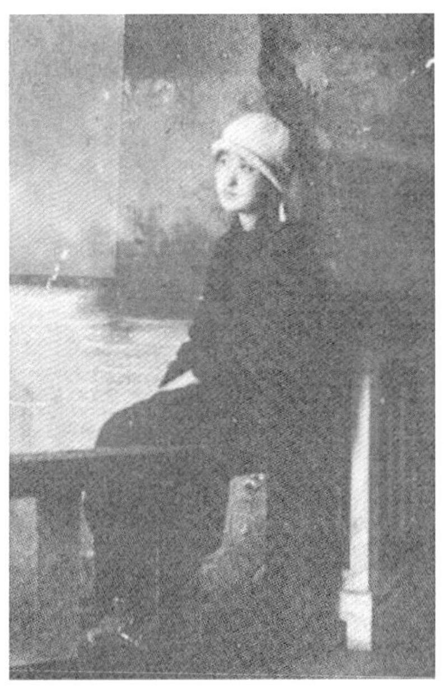

〈숙명여학교 시절〉 (영인문학관 소장)

같은 해 중앙 보육학교에 입학하여 1년 만에 졸업하고 경남 함안 유치원 보모로 취직한다. 학창시절의 최정희는 가수나 무용 등 예능 면에 관심을 보였다.

① 어느 날 그녀(최정희)는 가수가 되려는 부푼 꿈, 아니 노래를 불러 돈을 벌겠다는 부푼 꿈을 안고 전수린의 집 대문을 조심스럽게 두드렸다.
얼마동안 그로부터 노래를 사사받았다. '뻐국뻐꾹' 하는 그런 노래였다. 그밖에 다른 곡도 더 있었다. 그녀가 전수린의 집에서 열심히 '뻐꾹뻐꾹' 하고 있는 동안, 그러한 그녀를 방송가에 데뷔시키기 위해 박팔량 씨가 애를 써 주었다.

그의 노력으로 마침내 그 '뻐꾹뻐꾹' 하는 노래로 전국 라디오 시청자들 앞에 선을 보였다. 이튿날이었다. 전파상에서 흘러나오는 노래를 들었다면서 감격한 단천 사람들이 찾아왔다. 그들은 이구동성으로 말했다. "우리 단천에도 이런 가수가 있는 줄은 몰랐다"고.[7]

② 나는 음악도 좋아하고 운동도 즐겼다. 농구선수로서 올림픽대회에 나간 일도 있다. 그땐 외국에 가지 않고 경성 운동장에서 했지만, 문학은 할 생각도 하지 않았다. 무용이 아니면 음악을 할 생각이었다. 영화를 보고 와선 거울을 앞에 놓고 여배우의 흉내를 내어 보았다. 남이 웃지 않는다면 여배우가 되고 싶기도 했다.[8]

노래와 춤 그리고 운동(농구)선수로 올림픽대회에 참가하기도 했다. 특히 예술 중앙보육학교 시절에는 무용을 잘하여 조교로 뽑히었다. 이러한 예술적 기질은 일본에 가서도 그치지 않았다. 보모 자격증을 취득한 후 경남 함안에서 보모로 일하다 1930년 일본에 가서 동경 삼하 유치원에서 근무하게 된다. 그리고 여기에서 극작가 김진수를 만나 '학생극예술좌'에 참가 하게 되고 유치진, 김동원과 함께 연극을 접하게 된다. 1931년 동경생활을 접고 귀국한 최정희는 연출가 김유영을 만나게 된다. 그와의 만남은 최정희의 인생에 큰 변화를 가져온 사건이었다.

연출가 김유영은 첫눈에 호남형으로 보였다. 키는 중키에 체격은 보통이었다. 그 밖에도 몇 사람 더 있었다. 그때의 관심은 오직 어떻

---

7) 서영은, 앞의 책, 23쪽.
8) 최정희, 『젊은 날의 증언』, 앞의 책, 22쪽.

게 하면 돈을 벌 수 있을까 하는 것이었는데, 그들 중 어느 누구도 그녀의 바람을 이루어줄 힘이 있어 보이는 사람은 한 사람도 없었다. 모두 다 배고픈 사람 같아 보였다.

그녀는 가만있고, 동행이 찾아온 까닭을 설명했다. 연출가는 말하는 사람 쪽은 보지 않고 그녀만 바라보았다. 그녀는 빳빳이 긴장한 탓으로 그가 자기를 보고 있는 것도 느끼지 못했다.

연출가가 남자 배우지망생더러 일어나서 걸어보라고 했다. 의자와 테이블 사이의 좁은 공간을 그가 몇 차례 오락가락해 보였다. 다음은 그녀 차례였다. 어떡하든지 잘 보여 시험에 통과하고 싶었다.

"궁둥이는 내밀지 말고 걸어요."

연출가가 핀잔을 주었다. (아이구, 떨어졌구나.) 그녀는 맘속으로 깊이 낙담했다. 결과는 추후에 통지하겠다고 연출가가 말했다. 두 사람의 배우지망생은 한 가닥 희망을 품은 채 주소를 적어놓고 그곳을 나왔다.

그날 저녁이었다. 하숙집 주인이 바깥에 웬 남자가 찾아왔다고 알려주었다. 그 남자는 그날 낮 극단 사무실에서 만났던 연출가 그 사람이었다. 그가 좋은 소식을 가져온 줄 알고 그녀는 허둥지둥 그를 안으로 맞아들였다. 그가 꺼낸 첫 마디는 좋은 소식이다 못해, 그녀에게 어머나 하는 탄성을 지르게 했다.

"당신이 주역을 맡아 주시오."

하지만 그의 來訪은 결코 그녀를 무대로 이끄는 신호가 아니었다. 남의 삶을 연기하기 전에, 그녀의 생 한가운데서 높은 파도의 갈퀴가 솟아나 그녀를 덮쳤다. 아니면 그녀의 그토록 깨지기 쉬운 그 눈부신 무구함이 그러한 파도의 갈퀴를 불러들이지 않을 수 없었던 것일까.

두 사람이 함께 보낸 짧은 시간의 머리맡엔 어떤 화촉의 불도 밝혀져 있지 않았고, 가족 친지 그 누구의 축복도 없었고, 순간을 아름답게 장식하는 화사한 꿈도 없었다. 단지 돌연한 공포와 불안, 뭔가 아뜩해지는 어지럼증뿐이었다. 머릿속이 뽀얘지는 그 어지럼증이 가라앉고 나자, 낯익은 사물들이 하나둘 눈에 띄기 시작했다.

그저 그런 한순간 속으로 운명의 섬광이 스쳐갔다고 느끼게 된 건 훨씬 후의 일이었다. 그 섬광은 그 후에 이어진 시간의 고리들로 해서 차츰차츰 그녀의 운명을 결정짓는 이상한 環이 되었다.9)

얼마 후 김유영의 권유로 함께 살림을 시작하였다. 김유영은 친척의 도움으로 『문화공론』이라는 잡지 발간을 준비하고 있었다. 그들이 살림을 시작한 곳은 그 잡지사의 사무실이었다. 하지만 김유영과의 생활은 순탄치 않았다. 원하지 않던 임신과 남편의 폭력 그리고 생활고의 연속은 그야말로 고통의 나날이었다.

그러던 중 1934년 전주사건에 연루되어 약 8개월간의 감옥 생활을 하게 된다. '극단 신건설'은 1932년 8월에 결성된 단체로 카프 조직을 기반으로 본격적인 프로 극단의 등장을 의미했다. 신건설의 창립 공연은 1933년 11월 23일과 24일 양일간에 걸쳐 서울 연예관에서 이루어졌다. 공연 작품은 독일 소설가 레마르크의 장편 소설 〈서부전선 이상없다〉로서 일본인 무라야마가 각색하였다. 첫 공연의 성공으로 인해 전국 순회공연을 계획하였고, 1934년 초봄에 전주 지방 공연을 준비하자 일본 경찰은 공연의 중단을 위해 전주 공연 선전 전단 문구의 불온성을 시비삼아 극단 신건설의 중단과 관련자 검거를 비롯해 카프 조직원 전체에 대한 검거를 시작했다. 이것이 바로 카프 2차 검거 사건인 '신건설' 사건이며, 이로 인해 카프는 해체의 운명을 맞는다.

카프 산하 기관인 신건설의 단원이었던 김유영이 전주에서 검거되었는데, 심문 도중 그의 입에서 최정희란 이름이

---

9) 서영은, 앞의 책, 26~27쪽.

나오자, 일경은 최정희를 요주의 인물 명단에 올렸다. 그리고 그녀를 검거하기 위해 사복형사 두 사람이 전주에서 서울로 급파되었다. 그녀는 이미 김유영과 헤어진 상태였다. 김유영은 "영화에 관한 서적은 읽은 적 있으나 좌익서적은 읽은 적이 없으며 자기는 카프에 들기 전에는 나이가 어려서 아무런 의식도 하지 않았으며, 카프에 가입한 후 다소 흥미를 가지게 되었다"라고 피고인 진술에서 답변하였다.

신건설 사건의 1심 판결 언도 공판은 1935년 12월 9일에 이루어졌다. 전주 지방법원 판사 우에노는 박영희 등 19인의 카프 문사에게 검사 구형량을 그대로 언도하고 사상적 전향한 점을 인정하여 집행유예 3년을 언도하였으며 최정희에게는 무죄를 언도하였다. 판결 사유에 최정희는 이동식 소형극장 조직 시에 시대공론사에 출입했으나 피고 추완호, 김영득, 석재홍, 이의백 등이 무산자 계급을 위한 연극을 한다고 김영득, 추완호 등과 가끔 이야기하는 것을 듣게 되었고 프로 연극을 무기로 공산주의를 선전하고 조선에 공산주의 사회 실현을 목적으로 하는 것을 알았다는 요지의 진술로부터 이를 인정할 수 있다고 하였다.[10]

---

10) 황수남, 「최정희 소설연구」, 충남대 박사논문, 2001, 23~25쪽 참조.

3) 문인으로서의 재출발과 성숙

최정희는 신건설 사건과 8개월 간의 감옥 생활을 통해 또 다른 인생의 변혁을 겪는다. 출옥 후 최정희는 조선일보에 재직 중이던 이은상의 도움으로 조선일보사 출판부에 취직하게 된다. 그리고 예전에 썼던 작품을 부정하고 스스로 문단 데뷔작이라 일컫는 〈흉가〉를 1937년에 발표한다.

> 남들은 내가 기자 노릇을 하면서 문학을 하게 된 것 같이 알지만 실상 내가 문학을 하게 된 것은 그 뒤 썩 지나서 전주 감옥에 가 있을 무렵부터 시작한 것이다. …… 며칠 밤과 낮을 않는 사람처럼 지나다가 누가 일러 주었는지 모를 어떤 소리를 들었다. 너는 문학을 해야 할 여자다. 너를 구원하는 길은 문학밖에 없다. 누구의 소린지도 모르는 이 소리는 내게 해열제와도 같은 것이었다.[11]

이때 쓰여진 〈흉가〉는 당시 그녀가 살던 돈암정 집에서 쫓겨나, 아는 이의 친구 집에서 가시방석 같은 생활을 하다 덕소로 이사 온 후 첩에게 주려던 집을 소재로 한 작품이었다. 실제로 최정희는 파인 김동환과 함께 이 집으로 이사하게 된다. 해방 후 농촌을 배경으로 한 작품들이 바로 이 공간에서 이루어진 것들이다.

1939년 11월 김유영이 죽고, 최정희는 『삼천리』사로 직장

---

11) 최정희, 「젊은 날의 증언」, 앞의 책, 11~12쪽.

을 옮긴다. 여기서 파인 김동환과의 만남이 사랑으로 이어져 첫 딸인 지원을 낳으면서 경기도 덕소의 생활이 시작되었다. 파인 김동환은 잡지 『별건곤』(1929.2.1.)지의 '미녀 내가 좋게 생각하는 여자'란에 '잘 웃고 잘 우는 여성'이라는 제목으로 "내가 좋아하는 여성을 그리라면 그 여자의 눈은 항상 눈물이 글썽글썽하고 꿈꾸고 난 듯이 그윽한 맛이 있으며, 또 잘 웃고 잘 울며 목소리가 아무 노래나 하여도 들을 만하고 감정이 자유롭게 활발하게 움직여지는 그런 여자이다."라고 말한 바 있는데, 아마도 최정희의 모습이 아니었는가 싶다.

실제 최정희는 잘 웃고 잘 울던 여자였고, 노래도 잘했다. 이미 가수로서의 경험도 있고, 구보 박태원과 삼천리사 옥상에 올라 수 시간 동안 내기로 노래를 불렀다는 일화가 있다. 어쨌든 최정희는 김동환과의 만남으로 인해 그토록 자신을 힘들게 했던 아버지의 사건을 답습하게 된 것이다. 자신의 어머니가 겪었을 고통을 가해자의 입장에서 고스란히 느끼고 있는 것이다. 파인과 결혼 한 후 쓴 소설이 〈인맥〉(1940), 〈천맥〉(1941)이다. 이들 소설 속의 여주인공들이 이상형으로 그리는 주인공들은 모두 유부남이다. 파인과 생활을 같이 하면서 최정희는 친일을 하게 된다. 파인은 지원병에 대한 시를 발표하는가 하면, 임전대책협의회를 발기하여 강연회를 열기도 한다. 최정희도 남편의 권유로 연단에 올라 '군국의 어머니'라는 강연을 하거나 글을 쓰기도 한다.

〈삼천리 사 재직 시절, 앞줄 왼쪽부터 노천명, 최정희, 장덕조, 뒷줄 맨 오른쪽이 김동환〉 (영인문학관 소장)

한국전쟁이 발발하자 피난을 못 간 최정희는 어쩔 수 없이 적치 하의 서울에서 '문학가동맹'에 가입하여 부역활동을 하게 된다. 이 당시의 상황을 그대로 전하고 있는 일기 형식의 글이 사상검사 오제도가 편집한 『적화삼삭구인집』(1951)에 실

려 있다. 최정희의 글은 1950년 6월 27일부터 10월 21일까지
의 일기 형식으로써, '용기 부재에서 용기 발생'이라는 구조
로 되어 있다. 그녀는 반복적으로 용기 없음을 고백하고 있
는데, 이를 공산주의의 '광기'에서 찾고 있다. 인민군은 총살
을 즐기며, 터지는 피를 보며 환호작약하는 자들로 그려지고
있다. 이러한 분위기에서 그녀는 자신의 용기 없음이 부역의
원인이 되었지만 군인인 아들 익조의 귀환으로 용기를 얻어
"익조가 피 흘려 받치는 국가를 위해 나도 받치기를 맹세"한
다. 이를 통해 그녀 역시 자신의 부역행위가 단지 살기 위한
행위였음을 강조하고 있다.[12] 좀 더 구체적인 정당화 방식은
〈문학가동맹〉 가입의 비우호성과 맹원들과의 부조화에서 나
타난다.[13]

> 작가 K씨를 모처에 찾아가서 문학가동맹에 가입하겠다는 말을 하
> 고 S여사와 둘이어 가맹하려고 동맹을 찾아간 즉, 나만은 본래의 맹
> 원이 아니라하면서 거절을 했다. …… 동맹에서까지 나에게 가맹을 거
> 절한다면 나는 그 사람에게 또 '총살'이라는 위협을 받을 것이요.[14]

---

12) 최정희 글의 전체적인 분위기는 두려움과 울음이다. 그녀는 공산주의자들과 접촉
할 때마다 "용기가 없다.", "무서워서", "겁이 나서 후둘 떨고 있는" 등의 감정을
드러내고 있다.

13) 많은 부분이 남편 김동환의 이야기로 메워져 있으나 이는 부역행위를 정당화하기
위한 배경 역할에 불과하다. 그녀가 하고 싶었던 이야기는 자신의 무고함이었던
것이다.

14) 최정희, 「난중일기에서」, 오제도(편), 『적화삼삭구인집』, 국제보도연맹, 1951, 41쪽.

이 문장에서 강조하고 있는 것은 바로 〈문맹〉 가입의 비우
호적인 분위기이다. 최정희는 그 이유를 남편 김동환과 함께
"인민의 피를 빨아먹은 문학"행위에서 찾고 있다. 그러다 삼
천리사 사원인 작가 모씨의 사정으로 겨우 가맹했음을 밝히
고 있다. 이러한 이유로 가입 이후에도 맹원들로부터 소외당
하며 "평소에 그토록 친하던 사람들도 아는 체를 하지 않는"
상황에 이르게 된다. 그녀에게 벽보를 붙이는 일은 "활개를
쭈욱쭉 펴고 사는 세상에서도 딱 질색"인 행위이다. 게다가
"얼굴에 부채를 가리고 가두행렬"을 할 때에는 "꼭 죽고 싶
은 마음밖에 나지" 않음을 강조한다. 이러한 서술 의도는 이
후 〈문맹〉에서 활동이 결코 환영받지 못했음과 동시에 공산
주의자들과의 거리두기에 다름 아니다.15)

서울 수복 후 최정희는 종군작가단의 종군기자로 활약하
고, 대구에서 공연된 문인극에도 참가한다. 1962년 최정희는
국가재건최고회의의 박정희 의장을 만나 인터뷰하는 기회를
통해 박대통령 가족과 친분을 맺게 된다. 최정희는 대통령
일가와 친해질수록 친일적 행위에 대한 부끄러움을 한시도
잊은 적이 없다고 토로한 바 있다. 또한 3·1문학상을 수상
하였을 때도 '친일한 사람이 무슨 낯으로 문화상을 탈 수 있
겠느냐'며 솔직한 감정을 밝히기도 했다. 1958년 장편 〈인생

---

15) 서동수, 「한국전쟁기 반공텍스트와 고백의 정치학」, 『한국현대문학연구』20, 2006.
   12. 참조.

찬가〉로 제8회 서울시 문화상 본상을 수상하고 《인간사》로 1964년 제1회 여류문학상을 수상한다.

1969년에는 한국 여류문학인 협회장에 피선되고, 1970년에 예술원 회원에 피선되는 등 문학 단체 활동에 적극적으로 임한다. 〈바다〉, 〈탑돌이〉, 〈화투기〉 등의 작품을 발표하였으며, 1990년 12월 21일 정릉 자택에서 노환으로 사망하였다.

03 작품세계

1) 초기 동반자 계열의 작품들

최정희 작품세계는 크게 4기로 나누어 살필 수 있다. 1기는 최정희 스스로 문단데뷔작이라 일컫는 〈흉가〉(1937)가 발표되기 이전의 작품 활동을 말한다. 일반적으로 최정희의 문단데뷔작으로는 1937년 4월에 발표한 〈흉가〉를 꼽고 있다. 그 이유는 간단하다. 그녀 스스로 〈흉가〉를 문단데뷔작으로 인정했기 때문이다. 하지만 〈흉가〉 이전에 이미 작품을 발표한 바 있는데, 바로 1931년 『삼천리』에 발표한 〈정당한 스파이〉이다. 최정희 문학을 연구함에 있어 1기의 대한 관심은 매우 영성하였다. 아마도 문학성 등이 현저히 미달된다는 판단에서 그러하였겠지만 초기의 작품들이 한 작가의 작품세계와 그 변모를 살피는 원점에 해당한다는 점에서 결코 소홀히 할 수 없는 부분이다. 실로 1931년 〈정당한 스파이〉로부터 1937년 〈흉가〉가 나오기까지 약 10여 편의 소설과 수필 14편, 평론 2편 등을 발표하였다. 〈정당한 스파이〉의 한 대목을 보자.

사실 이 작품은 소설이라기보다는 콩트에 가까운 소품이라 할 수 있다. 여주인공 '나'가 스파이로 오해받게 된 이유와 그 누명을 벗는 과정을 그리고 있다. '나'는 마르크스주의자인 'FE'의 여자이다. 그런데 지금 X형사를 만나고 있다. 오직 이유는 하나 FE가 가장 믿고 있는 YC가 진짜 스파이였음을 확인하기 위해서이다. '나'는 마치 이중 스파이마냥 X형사에게 자신의 처지를 고백한다. X형사도 나에 대한 의심은 없는 듯하다. 그러다가 갑자기

"여보세요. 나는 당신을 꼭 믿습니다."
"왜 새삼스럽게 또 그런 말씀을 하십니까?"
"저-YC 역시 나의 부하입니다. 지금까지 당신들의 비밀을 나에게 그대로 전해주었습니다."
나는 YC에게 대해 어느 정도까지 그러한 예상을 가지고 있었지만 너무도 놀라운 일이었다. 그러나 놀라는 기색을 안 보이려고 애쓰는 나에게 X형사는 키쓰를 요구했습니다. 지금까지 내가 나를 생각하여도 용감하고 대담한 계집이었음은 사실입니다.
이때 나는 한층 더 X형사에게 눈웃음을 치지 않으면 안되었습니다. YC의 사실을 더 알고 싶었기 때문이에요······.[16)

나는 YC가 형사의 *끄나풀*인 것을 알고 너무나 놀란다. 하지만 더 많은 정보를 얻기 위해 형사의 키스 요구를 눈웃음으로 유도한다. 나는 YC가 형사의 *끄나풀*임을 확인하기 위해 형사와 YC가 만나는 모습을 약속하고 집으로 돌아온다. 그런데 자고 있으리라 생각했던 FE가 갑자기 그녀에게 배신자, 스파이라며 욕을 퍼붓고는 집을 나간다. 다음날 들어온 FE는 여전히 나를 의심하면서 YC에 대한 신뢰를 보내자, 화를 내며 YC가 배신자였음을 알린다. 형사와 YC가 만나는 장면을 보고 온 그는 나에게 "나의 용감한 다바리쉬어! 당신은 세상의 누구보담 강한 녀성임니다. 나는 당신을 오해하엿슴니다. 당신은 스파이가 안이엿슴니다. 안이 정당한 스파이엿슴니다"라고 말한다. 바로 나가 '정당한 스파이'가 된 유래가 밝혀진 것이다.

이 당시에 창작한 작품들은 〈정당한 스파이〉 외에 〈니나의 세토막 기록〉(『신여성』, 1931.12.), 〈명일의 시대〉(『새대공론』, 1932.1.), 〈룸펜의 신경선〉(『영화시대』, 1932.3.), 〈푸른 지평선의 쌍곡선〉(『삼천리』, 1932.5.), 〈비정도시〉(『만국도시』, 1932.10.), 〈남포동〉(『문학타임스』, 1933.2.), 〈젊은 어머니〉(『신가정』, 1933.3.), 〈토마토 철학〉(『동아일보』, 1933.7.23.), 〈다잡보〉(『매일신보』, 1933.10.10~11.23.), 〈질투〉(『신여성』, 1934.1.), 〈가버린 미례〉(『중앙』, 1934.2.), 〈성좌〉(『형상』, 1934.2.)로서 일종의 습작기에 해당하는 작품들이다. 최정희가 최초

---

16) 최정희, 〈정당한 스파이〉, 『삼천리』, 1931. 10, 191쪽.

로 쓴 작품인 수필은 그녀의 온전한 창작품이 아니었다. 수 필을 청탁받은 후 일본 여류문인들의 글을 읽었고 하야시 후 미꼬(林芙美子)의 것이 제일 마음에 들어 그것과 비슷하게 썼던 것이 신문에 실린 것이다. 그 후로도 청탁을 받으면 이것저것 남의 글을 읽고 그것과 비슷하게 써 준다. 이런 일로 인해 나 중에는 표절시비까지 일게 된다. 하지만 작품의 성과와 달리 최정희의 지향점을 알 수 있는데, 바로 경향성이 그것이다.

당시 최정희와 함께 활동했던 여류문인에 대한 평가는 '남 성답다'라는 것이었다. 강경애와 박화성의 작품에 대해 평단 에서는 '침착하고 대담한 리얼리즘과 큰 호흡, 수법의 비범함 에서 남성작가를 능가하고 있다'고 호평하였다. 하지만 이러 한 평은 카프의 해산 이후 그대로 화살이 되어 돌아왔다. 즉 여류답지 못하는 평이 그것이다.

> 만약 그의 문학적 수업의 환경이 좋았고 사이비의 펜키적 푸로문 학이 그때의 문단을 황칠하지 않았드라면 정희는 공부만 했으면 그 만한 재간으로써 충분 오늘날 우리 문단에 값싸지 않은 많은 작품을 남긴 작가가 되었을 것이다.(……중략) 이 「정당한 스파이」 외에 나는 아직 정희의 소설을 읽지 못했지마는 바른 말이지 이건 도모지 여학 생의 작품이 되다만 '代物'였다. (……중략) 와일드! 이 평범한 말은 그러나 동양에는 없는 서양말이요. 없으면서도 이 말 와일드를 몸소 미득하지 자질에 있어서는 서쪽 사람들보다 우리네 동쪽 사람들이 더 많이 가진 것이 사실이며 동양사람 가운데서도 정희같은 영양부 족의 반쪽님이 가장 안타깝게 환상하고 있을 인간음률이 아닐까 하 오. 어떠하오?[17]

처음에 김문집은 최정희의 〈정당한 스파이〉를 여학생의 작문만도 못한 것으로 비판하다가 후에는 '시골 교회의 전도부인의 말투'이자 '영양부족의 반쪽님'으로 폄하해 버린다. 이러한 혹평은 "작가생활 10년에 최정희하면 곧 연상될 수 있는 하나의 조그만 대표작도 가지지 못한다면 그의 작가적 역량이란 우리가 경솔히 단정한다 하여도 틀림이 없을까 한다"로 이어진다. 반면 김팔봉은 최정희를 동반자 문학의 대표자로 꼽았다. 물로 작품 수준이 기대 이하였음을 밝히는 것도 잊지는 않았다. 아무튼 이 당시 최정희를 동반자 작가군에 포함시키는 것에도 알 수 있듯이 최정희의 경향적 색채는 매우 뚜렷했던 것으로 보인다.[18]

2) 남성중심의 사회와 여성성의 발현

최정희 문학을 읽을 때면 루카치가 말한 소설의 운명이 새삼 떠오른다. 새삼 소설의 운명을 떠올림은 우연적 요소라기보다는 최정희 문학이 가지고 있는 치열함 때문일 것이다. 최정희 문학의 본령을 말할 때 모아지는 결론은 '여성성' 혹

---

17) 김문집, 「규수사인론」, 『비평문학』, 청색지사, 1938, 104〜106쪽; 심진경, 「최정희 문학의 여성성-여성작가로 산다는 것」,『한국근대문학연구』, 2006. 4, 99쪽에서 재인용.

18) 심진경, 위의 글, 99쪽.

은 '모성애'이다. 그녀의 치열함은 이 두 가지 성향에 대한 집착에도 있지만, 무엇보다도 작품의 인물이 보여주고 있는 세계와의 대결의지이다. 최정희가 발을 붙이고 있는 시대는 루카치가 말한 것처럼 하늘의 별이 그녀가 가야 할 길을 비춰주던 황금시대가 아니다. 신이 떠나버린 시대, 그래서 암흑이 되어버린 시대, 여행이 시작되자 길이 끝나버린, 근대라는 괴물의 시대 입구에 최정희는 서 있다. 그것은 조국이 상실된 일제 강점의 시대이자 남성중심주의라는 가부장적 이데올로기가 굳게 자리했던 시대이다.

유진 런은 근대를 '억압적인 동시에 희망적이며 소외적인 동시에 해방적인 것'이라고 말한 바 있다. 이러한 양가적 입장에 대해 최정희는 전자, 즉 억압적이며 소외적인 입장에 있었다. 그녀는 카프 2차 검거사건인 신건설사 사건으로 인해 전주형무소에서 9개월간 복역을 함으로써 시대적 억압을 경험해야 했으며, 또 남편의 사망으로 인해 여성으로서 온갖 사회적 소외를 경험해야 했기 때문이다. 그녀에게 근대는 철저히 부정의 기억이었고 이러한 경험들이 그대로 그녀의 여성성을 형성하는 자양분이 되었다. 따라서 최정희 문학의 여성성은 다른 문인들이 그리는 나약하고 심약한 여성성과는 전혀 다른 성격을 띤다. 최정희의 여성성은 여성이라는 존재를 앞세워 세계와 강한 대결을 시도하고 있다. 그것은 역사적 대결이기도 했으며 한편으로는 도덕적 터부와의 대결이기도 했다. 그리고 그 대결을 통해 최정희는 여성을 헤겔이 말한 유지적 개인이 아닌 문제적 개인으로 발전시켰다. 여성은 더 이상 억압과 소외의 대상이 아니라 그 존재 자체가 의미가 되는 실존의 대상임을 극명하게 보여주었다. 그래서 그녀의 작품 안에는 전사로서의 여성이 주인공이 된다. 그래야 이 불합리한 세계와 대결을 할 수 있기 때문이다. 그리고 그 여전사의 대결은 1937년을 기점으로 만날 수 있다.

최정희 문학의 본령이 여성성에 있다고 말한다면 그 출발점은 1937년 『조광』에 발표된 〈흉가〉부터라고 말해야 한다. 이미 몇 편의 단편을 가지고 있는 그녀에게 〈흉가〉가 문학적 출발점이 된 이유는 다음과 같다.

> 그러니까 소위, 카프사건이라고도 하고 신건설 사건이라고도 하는 건에 내가 어째서 걸렸는지 걸려서 나는 형무소에 한 8개월간 잘 있게 된 일이 있었다. 누구나 형무소라면 세상의 지옥으로 알 것이로되, 그때의 내게는 형무소가 나의 안식처였다. 나는 책을 읽을 수 있고 혼자 조용히 생각할 수 있는 것이 즐거웠다. 발톱이 얼어서 빠지는 일이 대수롭지 않았다. 비로서 나는 '문학'을 깨달았다. 문학은 나를 위해서 생긴 것이고 나는 문학을 하지 않으면 구원의 길이 없을 것 같았다.
>
> 옥에서 나와서 처음 쓴 것이 〈흉가〉였다. 이것이 물론 나의 처녀작이다. 전에 쓴 것은 최정희의 아무것도 없는 글이라 찾아다니며 없애 버렸다. 그러니까 나의 문학생활이라고 하면 〈흉가〉에서부터 시작되는 셈이다.[19]

---

19) 최정희, 「나의문학생활자서」, 『백민』, 1948. 3, 47쪽.

그러니까 최정희에게 〈흉가〉가 문학 데뷔작이 된 것은 크게 두 가지 사건을 계기로 해서이다. 자신도 알 수 없는 이유로 옥살이를 한 것과 옥중에서의 독서와 사색을 통해 '문학'에 대한 각성을 하게 된 것이 그것이다. 정리하자면 최정희에게 〈흉가〉 이전의 작품은 말 그대로 독서와 사색도 없고, 문학에 대한 각성도 없는 상태에서 쓴 일종의 습작품 수준이었음을 고백하는 것이다. 최초의 각성과 각성의 첫 번째 결과물이 〈흉가〉라는 소설이라는 것은 이 작품의 중요성을 말해주고도 남는다. 즉 〈흉가〉는 앞으로 그녀가 그릴 이야기의 원형에 해당하기 때문이다. 실제 〈흉가〉는 최정희 문학의 본령인 여성성이 문학적 형상화를 통해 본격적으로 나타나기 시작한 작품이다.

〈흉가〉의 그녀는 일찍 남편을 여의었지만 신문사 여기자이자 한 아이의 엄마이며 동시에 홀어머니를 모시는 강한 여자이다. 하지만 세상은 만만치 않다. 살던 정동집은 "끝끝내 집달리와 변호사와 순사에게 비대발괄 없이 마당에 동댕이쳐 내던지운 세간 등속을 걸어 지고 자하문 밖 아는 이의 친구집 건너방"으로 옮긴다. 그런데 그 집의 부인 되는 이가 여학교 동창생인 것이다.[20] 눈칫밥을 먹으며 생활하는 그녀를 더

---

20) 〈흉가〉는 최정희의 체험이 만든 작품이다. 실제 돈암정 집으로 이사를 했으나 나머지 집값을 치르지 못해 마음고생을 했으며, 안주인은 공교롭게도 여학교 동창생의 언니였다.

욱 곤란하게 만드는 것은 주변의 눈치이다. 그 집에서 심부름을 하던 석이는 자기 방을 빼앗긴 탓에 십리나 되는 길을 매번 걸어 다녀야 하자 그녀의 자식에게 언제 이사 가느냐고 눈치를 준다. 게다가 "아이가 안팎을 드나들며 잠시도 문을 견디게 못하고 어질러 놓고 떠들고 잘 바른 문과 벽에 글씨를 쓰고 그림을 그리고 채소밭에 들어가고 꽃나무 실과나무를 꺾고 그러지 말라면 더 큰 소리로 떠들고" 해 그녀를 곤란하게 만든다.

> 아이가 어떻게 말썽을 부리던지 나는 참다못해서 아이 입에 손을 틀어막고 볼따구니를 힘자라는 대로 꼬집어 흔들었다. 그랬더니 아이는 죽는다고 악을 바락바락 쓰다가 그만 나중에는 못 견디겠던지 소리도 못 내고 바르르 떨기만 할 때에 한쪽 구석에 경황없이 팔짱을 끼고 앉으셨던 어머니는 그 꼬락서니를 보시고 그만 아이를 끌어다가 안으시며 같이 우시는 것이었다.
> "그게 무스거 알겠니 죄가 말기 깼다."
> 나를 나무람하시는 어머니의 음성을 떨리었다. 나도 웬만하면 거기서 소리쳐 울고 싶었지만 어머니와 아이 앞에서 눈물짓는 것이 더구나 비참한 것 같고 또 안방 주인네들이 부끄러웠던 탓으로 앞산 마루턱을 넘어 커다란 소나무 밑에를 찾아 갔었다. 나는 실컷 울려고 했으나 울지도 못하고 허물어진 성터와 그 위에 뭉게뭉게 떠도는 하얀 구름만 바라보며 어머니와 아이를 생각했다.[21]

그녀의 울음은 단순히 가난에 의해 유발된 것이 아니다. 그녀의 울음은 지극히 사회적인 것이다. 남편 없이 혼자의

---

21) 최정희, 〈흉가〉, 『한국소설문학대계—김정한, 최정희』31, 동아출판사, 1995, 319쪽.

힘으로 자식과 부모를 지켜야 하는, 철저한 사회적 억압과 소외를 견디어 내는 처절함의 산물이다. 그러나 그녀는 울지 않는다. 만인들 앞의 울음은 결국 패배를 자인하는 모습이기 때문이다. 아무도 보지 않는 산으로 가지만 그곳에서도 그녀는 울지 않는다. 울려고 갔지만 자신의 신세와 같은 "허물어진 성터" 위에서 자신이 도달해야 할 세계인 하늘을 바라보며 현실을 인식한다.

그러던 중 어느 집으로 이사 가게 되는데 솥 붙이는 영감을 통해 그 집이 흉가임을 알게 된다. 집 주인이었던 남편이 과로사로 죽었다는 점, 시형이 형의 재산을 모두 차지해 버리고 안주인은 그로 인해 미쳐버렸다는 점, 아직도 날씨가 흐린 날이면 안주인이 집 주변에 나타난다는 점 때문에 동네에서 흉가로 소문이 났다는 것이다. 이러한 내력을 알게 된 그녀는 그렇게 마음에 들었던 새 집에 대해 회의를 하게 된다. 계속 신경이 쓰였고 급기야는 꿈에 안주인을 만나게 된다.

꿈에 내 머리채를 휘어잡고 때리던 여자는 확실히 그 안주인이란 여자였을 것이다. 날보고 왜 내 이불보를 갖다가 치마를 해 입었느냐고, 왜 내 집에 들어 있느냐고 한 것이 솥 붙인 늙은이가 한 이야기와 똑같지 않고 뭐냐.
나는 그 집 안주인이란 여자를 본 적도 없었지만 아마 그 여자는 꿈에 본 여자처럼 눈이 넷이고 머리가 크고 다리가 짤막하리라.
그 네 눈알맹이를 무섭게 데굴데굴 굴리며 내 긴 머리채를 몇 번 왼손으로 감아쥐고 바른 손으로 죽으라고 나를 마구 때리던 것을 생각하면 몸서리가 처진다.[22]

그녀의 꿈은 단순히 낮에 솥 붙이던 영감에게 들었던 이야기의 반영이 아니다. 굳이 프로이트의 이론을 빌리지 않더라도 흉가의 내력에 대한 그녀의 심리는 거의 신경증에 가깝다. 이사 온 후 몸살이 난 것과 폐병 진단을 받은 것 그리고 악몽을 꾸는 모든 이유를 흉가에서 찾고 있다. 그녀의 꿈은 두 가지의 의미를 포함하고 있다. 하나는 미친 안주인과의 동일시이며 또 하나는 정신분석에서 방어기제로 흔히 사용하는 대상의 전이가 그것이다.

먼저 안주인과의 동일시는 다음과 같다. 그녀의 꿈은 안주인의 운명과 그녀의 운명이 다르지 않음에 대한 공포의 반영이다. 안주인이 미친 이유는 남편을 잃고 혼자의 힘으로 세계와의 대결 속에서 패했기 때문이다. 흉가가 되도록 만든 것은 그녀가 아니다. 근대라는, 남성중심의 사회가 만든 욕망의 흘러넘침 때문이다. 그녀는 그러한 세계를 혼자서 감내해야 했지만 결국엔 패하고 말았고 그것은 곧 광기로 나타났다. 주인공인 '나'도 다르지 않다. '나'가 안주인에 대해 강박증을 갖는 이유가 바로 여기에 있다. '나'도 안주인처럼 남편을 일찍 여의였으며, 혼자의 힘으로 이 거대한 남성의 폭력성에 맞서 싸워야 하며, 결국엔 자신도 안주인처럼 패배할 수 있으리라는 공포심의 발현이 바로 꿈의 의미였던 것이다.

일제 식민지라는 폭력성과 남성중심 사회의 폭력성은 '지

----

22) 〈흉가〉, 324~325쪽.

금 여기'의 시대를 살아가야 하는 여성들에게는 거대한 적이다. 그리고 그 적은 항상 그녀의 일상 가까운 곳에서 호시탐탐 그녀를 노리고 있다. 바로 '탈바가지'는 이러한 폭력성을 상징하고 있다.

> 이런 생각을 하고 있는데 맞은편 벽의 탈바가지가 눈을 부릅뜨고 입을 씰룩거리며 가까워졌다. 마치 움직이는 물체와도 같이……
> '저게 또 웬일일까?'
> 나는 눈을 똑바로 뜨고 그 탈바가지를 바라보았다. 하나 보면 볼수록 더 무서운 표정을 짓는 데는 어쩌는 수가 없어서 나는 벌떡 일어나 그것을 떼어 테이블 밑에 집어 넣고 그리고도 무서워서 내 방에 못 있고 안방으로 건너갔다.[23]

흉가는 단순한 집이 아니다. 이 작품의 주된 공간이 흉가라는 점은 이 공간이 갖는 사회적 고정 혹은 폐쇄성을 의미한다. 즉 이 사회는 여성들이 살기에는 '흉가'와도 같다. 그리고 사회를 흉가로 만드는 것은 다름 아닌 근대라는 남성이 만든 괴물 때문이다. 그리고 그 괴물은 탈바가지처럼 항상 그녀의 주위에 존재하고 있다. "보면 볼수록 더 무서운 표정을 짓는" 탈바가지란 그녀가 남성의 세계를 딛고 오르려 하면 할수록 겪어야 하는 공포의 크기를 말한다. 하지만 그녀는 그 흉가를 떠나지 않는다. 이 장면이야말로 앞으로 최정희 작품의 방향을 보여주는 것이라 할 수 있는데, 그녀는 "병

---

23) 〈흉가〉, 328쪽.

과 약과 꿈과 집과 돈과 우리 집 생활을 생각하고 또 그리고 또 주름살 잡힌 어머니의 얼굴"을 바라보며 생각에 잠긴다. 흉가를 피하지 않고 '병과 약과 꿈, 집, 돈' 등을 생각하며 이 남성의 세계에서 견디는 방법을 그녀는 찾고 있는 것이다. 이런 면에서 〈흉가〉는 최정희 문학이 나아갈 새로운 방향전환의 시작이자 의미라 할 수 있다.

〈흉가〉에서 보여준 여성성과 모성은 맥 시리즈로 알려진 〈지맥〉, 〈인맥〉, 〈천맥〉을 통해 본격화된다. 〈지맥〉의 여주인공 은영은 인텔리 여성이지만 운명적으로 불행을 감수하지 않으면 안 되는 여인상으로 나타나고 있다. 그는 미망인으로서 사생아나 다름없는 두 혈육을 기르며 8년간을 외롭게 생활해 오고 있다.

은영은 "팔 년 전의 나는 홍민규의 씩씩한 모양이 좋았다기보다 그가 하는 일, 그가 전인류를 위해서 일한다는 것이 좋아서 따라나섰"기에 남편의 투옥이나 전처의 행악이나 생활의 곤란도 이길 수 있었다. 하지만 그러한 남편의 죽음은 은영을 "헌신짝같이 하잘 것 없는 여자"로 만들었다. "남의 등록 없는 아내라는 탓"으로 취직조차 할 수 없는, 일점의 낭만이나 공상을 용납하지 않는 암울한 현실에 부딪쳐 화자는 심화될 뿐인 현실과의 불화를 고통스러워하고 있다. 그리하여 "나는 내 잘못을 뉘우치는 한편 이러한 사회에 대한 불만이 목구멍까지 치밀어" 올랐고, 결국에는 "세상의 온갖 규율, 풍

속, 인습, 도덕에의 반발이 일고 증오"가 생기기까지 했다.[24)

> 달리는 창턱에 턱을 괴고 검은 세상을—아니 깊은 밤하늘에 반짝
> 이는 별을 오래 쳐다보는 사이에 나는 내가 가진 슬픔, 내가 가진 번
> 뇌, 이것이 나만이 가진 것이 아니고 또 그것이 이 지상에만 있는 것
> 도 아니고, 온 우주에 태양과 별과 달과 그 모든 것에까지 있을 것
> 같은 생각이 들었다. 그리고 보니 별은 정말 하늘에서 모진 슬픔 속
> 에 오열하는 것 같기도 했다. 잃어버린 무엇을 찾고자 헤매는 것 같
> 기도 했다. 그러나 별들은 그 무수한 별 중에 어느 하나도 땅에 떨어
> 지거나 몸부림을 치거나 하지 않고 오직 제 몸을 불사르며 캄캄한 밤
> 하늘의 궤도를 지키고 있는 것 같이 보였다. 나는 그러한 별들을 보
> 는 사이에 문득 엄숙해져야 할 것 같은 충동을 받았다. 별이 하늘의
> 궤도를 벗어나지 않듯이 나는 지상의 궤도를 벗어나지 않을 인내와
> 극기와 성실과 용기를 준비해야 되겠다는 생각을 가졌다. 형주, 설주
> 가 엄마와 처음 타보는 기차가 즐거워서 바깥이 잘 보이지도 않는데
> 손가락질을 하며 재깔거리며 웃어대며 내게 여러 가지 질문을 하는
> 데 나는 만조하게 그들 질문에 대답을 못 해준 일을 뉘우치며 그것들
> 이 자는 옆에서 그들을 잘 성장시키는 것이 내게 던져진 운명이요,
> 내가 벗어나지 못할 지상의 궤도라고 마음 속에 다짐했다.

그러나 그러한 증오심은 현실적 힘을 갖추지 못한 것에 불
과했으며, 화자는 자신이 머물러야 할 곳은 오직 자신이 어
머니라는 사실임을 인식하는 것이다. 그것이야말로 어떠한
내적·외적 부정성에도 대항할 수 있는 유일한 무기이자 안
식처라고 생각했기 때문이다. 갑자기 잘생긴 점원과 북행한
다는 쪽지를 남겨 둔 채 집을 나간 하순의 행동은 어머니 몰

---

24) 김경원, 「최정희―역사적 격랑 속에서 여성의 좌표찾기」, 『역사비평』, 1996 가을,
262쪽.

래 남편의 하숙집으로 무작정 갔던 자신의 충동적인 행동을 바라보게 했고, 이것이 모성으로의 회귀를 결정하고 확신하게 하는 동기가 되었다.[25]

〈인맥〉은 친구 혜봉의 남편 허윤과 허윤의 친구 김동호 그리고 친구 혜봉과 나의 남편 사이에서 갈등하는 이야기이다. 이 작품은 인간관계 속에서 윤리적 파탄의 선택이라는 위험한 도덕적 소재를 취해서인지 고해성사의 형식으로 시작하고 있다.

> 정숙지 못한 여자라고 꾸짖어도 좋습니다. 윤리와 도덕에 벗어난 일인 줄 알면서도 긴 세월 한 사람의 정숙한 여인이 되고자, 다시 말하면 그이의 영원한 여인이 되고자 갈등과 모순 속에 자신을 학대하며 고독하게 슬프게 사느라고 정숙지 못했습니다. 앞으로도 그럴 것입니다. 오래오래 묘지에 가는 날까지.
> 이 죄과의 대가를 무엇으로 받아야 할지 모르겠습니다. 오직 한 가지의 위안이라면 내가 그이를 생각하기 때문에 그이를 모르던 때보다 온갖 좋지 못한 내 마음, 그리고 내가 지니었던 덜 좋은 습성을 모조리 버리고 사람에게나 신에게나 순수하고 진실할 수 있었고 또 그럼으로 해서 내 마음이 신에게까지 미치게 될 수 있다는 신념을 가지게 된 그것입니다. 알기에 매우 힘든 말일지 모르오나 이제 내 기록을 읽으시면 이 말의 어의를 쉽게 해득하시리라.[26]

〈인맥〉에서 이상적인 인간은 여성이 아닌 남성, 즉 혜봉의 남편 허윤이다. 시인인 허윤에게서 자신의 남편에게는 느낄

---

25) 위의 글, 262쪽.
26) 최정희, 〈인맥〉, 『한국소설문학대계–김정한, 최정희』 31, 동아출판사, 1995, 330쪽.

수 없는 환희를 본다. 나에게 허윤은 "그이가 가진 교양, 그이가 가진 정열까지도 희랍적일 것같이 생각"되었으며, "그이의 글을 읽으며 내가 상상하던 그이와 똑같"았기 때문이다. 허윤은 그리스 신화에 나오는 비너스의 애인 '아도니스'에 그치지 않았다. 아도니스는 존재하지 않는 허구의 인물이기 때문이다. 허윤은 신화적 인물을 넘어 현실에서도 볼 수 있고 만질 수 있는 살아 있는 신화이기 때문이다. 신화적 개인은 역시 다가서기 어려운 것일까. 여러 방식으로 허윤을 유혹하지만 허윤은 꿈쩍하지 않는다. 그럴 때마다 '나'의 욕망은 더욱 커져만 간다.

이러한 불륜의 욕망은 어디서 나온 것일까. 정말 '나'의 온전한 감정의 소산일까? 유달리 신화의 인물들이 많이 등장하고, 짝사랑하는 허윤을 신화의 인물에 비겨 낭만성을 극대화시키는 원인은 어디에 있는 것일까? 이 작품에서 '나'의 욕망은 실은 '나'의 것이 아닌 모방된 것 즉 매개된 욕망의 표현에 다름 아니다. 즉 지라르가 말한 낭만적 허위에 해당하는 것이다.

르네 지라르의 이론에 의하면 소설 주인공의 모든 욕망은 중개자에 의해 암시된 가짜 욕망으로서 삼각형의 구조를 가지고 있다. 한 개인이 무엇을 욕망한다는 것은 그 개인이 지금의 자기 자신으로 만족하지 못해 자기 자신을 초월하고자 하는 것인데, 이때 초월은 자기가 욕망하게 되는 대상을 소유함으로써 가능하다. 돈키호테의 경우 이상적인 기사를 항상 욕망하여 왔다. 하지만 그것은 돈키호테의 욕망이 아니라 바로 아마디스라는 전설의 기사를 욕망했던 것이다. 플로베르의 『보바리 부인』에서도 같은 모습이 보인다. 보바리 부인은 사교계의 여왕으로 군림하고 싶어 하는데, 사실 그녀의 욕망이란 사춘기 시절에 읽었던 삼류소설과 잡지의 나오는 여주인공들의 욕망이었다.[27] 지라르는 이러한 모습을 욕망의 삼각형으로 설명하고 있다. 그렇다면 허윤을 향한 욕망의 중개자는 무엇이었을까. 그것은 다름 아닌 어린 시절 읽었던 그리스 신화였다.

> 나는 문득―한 옛날 별의 신이 무수한 암컷 수컷의 별을 밤하늘에 뿌렸을 때 그 무수한 암, 수 별 중에 세 쌍만이 똑바로 제 짝을 찾고 그 외의 무수한 것들은 모두 생통같이 어울리지 않는 딴 것들과 짝이 되었던 까닭에 세 쌍의 별을 제외하고는 죄다 외롭고 슬프게 지낸다는―희랍 신화에서 읽은 별의 전설을 생각해 내고 내 앞에 꼬리를 길게 늘이는 별들은 제 짝을 찾지 못한 운명을 가진 별이거니 싶으면서 더욱 서러워지는 것이었습니다.
>
> 그러는 그때였습니다. 그이가 찾아왔습니다. 마치 내 눈물 속에 길게 짧게 늘여지는 별의 꼬리라도 타고 온 듯이 그이는 방안에 들어섰던 것입니다.[28]

어린 시절 읽었던 그리고 그 속에서 강한 인상을 받았던

---

27) 김치수, 송의경, 『낭만적 거짓과 소설적 진실』, 한길사, 2001. 참조.
28) 〈인맥〉, 362쪽.

그리스 신화의 이야기는 그녀의 저 깊은 곳에서 항상 동경과 욕망의 대상이었고, 그것이 허윤이라는 인물을 통해 나타나고 있는 것이다. 허윤을 떠올리는 '나'의 의식은 언제나 '신화'의 세계와 연결되어 있다. 허윤은 "내가 금방 읽은 비너스의 애인인 아도니스"였고, "그이가 가진 교양, 그이가 가진 정열까지도 희랍적일 것 같이 생각"되었는데, 실제 "그이의 글을 읽으면 내가 상상하던 그이와 똑같았"다는 지점에 이르면 그녀의 욕망의 원천이 어디에 있었는지 쉽게 짐작할 수 있다. 실제 그녀는 허윤의 아내이자 친구인 혜봉을 질투하고 그녀를 능가할 수 있다고 생각하는데, 근거가 바로 "적어도 그이가 좋아함직한 희랍적 정열과 교양이 내게 있지 않은가"라는 생각 때문이었다. 그녀의 무조건적인 욕망은 급기야 "어떤 희생이 생기든 온갖 조건을 버리고라도 오직 그이만을 위해서 살면 그만"이라는 생각에 이르게 된다.

> 아이를 낳던 날부터 나는 이때까지 알지 못하던 온갖 것을 발견하고 느끼고 했습니다. 때때로 신이 내게 한 가지의 시련을 더해 준 것이 아닌가, 내가 아직도 그이에게 도달할 자격이 못 되므로 내게 충실한 아내에서 참된 어머니, 완전한 여성에로 이르게 하려는 운명의 암시를 보여 준 것이 아닌가, 생각했습니다. 정말 그런 것도 같았습니다. 내가 읽은 책들이 가르치듯이 모성애가 세상의 무엇보다도 가장 강하고 고귀한 것, 그 참된 것 때문에 내가 가진 다른 감정을 버릴 수는 없었습니다. 내게는 모성애가 강하고 고귀하고 참된 거나 마찬가지로 그이를 생각하는 내 감정도 세상의 무엇보다 강하고 고귀하고 참되다 생각되었습니다.[29]

사랑하는 사람을 향한 욕망과 모성애 사이에서 갈등하는 모습은 혜봉의 편지를 통해 해결의 실마리를 찾게 된다. "우리는 역시 지켜야 할 것을, 다시 말해서 우리의 할머니 어머니와 그 외의 모든 여성들이 지켜 온 길을 지키는 데서 평화로울 수 있고 행복할 수 있지 않겠느냐"는 혜봉의 편지를 계기로 모성애를 회복하게 된다. 이렇게 볼 때 '맥 시리즈'는 사회적 터부와 욕망의 갈등 속에서 여자 혹은 어머니가 나가야 할 길이 어디에 있는가를 제시해주고 있는 것이다. 그리고 그 해답은 결코 훼손되거나 모방될 수 없는 가치, 바로 어머니의 모습인 모성애였던 것이다.

3) 덕소로의 이주가 갖는 세 가지 의미

최정희의 파란만장한 삶 속에는 이사에 대한 이력도 만만치 않다. 최정희는 1939년 덕소로 이사를 한다. 겨우 마련한 돈암정 집도 결국 잔금을 치루지 못해 거처를 옮겨야 하던 중 파인 김동환이 덕소에 집을 마련했다고, 트럭에 짐을 싣고 덕소역 앞에 와 기다리라고 하였다. 하지만 정작 덕소역에 도착했을 때 남편 김동환은 보이지 않았다. 이미 밤은 깊었고, 짐을 나르던 인부들도 화가나 이삿짐을 함부로 내려놓

---

29) 〈인맥〉, 373쪽.

으며 욕설을 하였다. 그렇게 한참을 기다리는데 어느 노인이 나타나 "파인이 낮에 와서 집을 구하다가 마땅치 않아 그냥 서울로 올라갔으며, 가족들은 여관으로 안내하라"고 했다는 것이다. 파인 김동환은 나흘이 지나서야 여관에 나타났다. 보리쌀도 없어 굶고 있는 판국에 쇠고기 세 근을 쥐고 말이다.

> "그래두 고길 다 어떻게 얻었어?"
> "내가 무엔들 못 엇을라구."
> "아이 제발 좀 허망다리 놓는 짓 그만하시오. 현기증이 나서 견딜 수 없으니. 이번 허망다린 길어서 더 골탕먹은 걸. 서울서 여기까지 몇 십리나 돼요? 그럴 바엔 가까운 데로 할 일이지."
> "망우리 이쪽에서 살고 싶어서."
> "그건 또 왜요?"
> "망우리 이쪽이면 모든 근심 걱정 다 잊구 살 수 있으니까."
> "그럼 왜 정작 망우리로 하지 않구 더 멀리 오게 해요?"
> "망우리엔 아는 사람이 없으니까."
> "요간 아는 사람이 있어요?"
> "그 영감."
> "그 영감을 어떻게 알아요?"
> "요전번 영월 다녀오던 차중에서 만났지. 나 앉은 맞은편에 앉았길래 어디 사느냐고 물었더니 덕소 산다구 그러더군."
> — 〈탄금의 서〉 가운데서

가끔씩 김동환이 받아오는 원고료로 연명하던 중 서울 갔던 파인이 돌아와 집을 샀다고 그녀에게 말한다. 그 집이란 그들이 자주 산보했던, 서울의 부자가 첩에게 주려고 샀다가 흉가임을 알고 몇 달째 비워두었던 집이었다. 최정희는 이전부터 그 집 둘레를 자기 것인 양 가꾸곤 하였다. 앵두, 살구, 복숭아, 배, 사과, 자두, 은행, 감, 밤 등의 유실수와 갖가지 꽃들을 심었던 것인데 그 집이 자기 집이 되었다는 것이다.

덕소로 거처를 옮긴 것은 최정희에게 세 가지 중요한 변화를 가져왔다. 첫째는 덕소에서 딸 지원과 채원을 낳았다는 점, 둘째는 "영원한 여성스러움을 이끌어 내던 힘"인 '거울'을 밀쳐놓았다는 점, 마지막으로 초기의 현실주의 경향으로 작품세계가 변화되었다는 점이 그것이다. 여기서 주목을 요하는 것은 둘째와 셋째의 변화이다. 여성스러움을 비춰주던 거울을 밀쳐놓았음은 무엇을 말하는 것일까?

여기에는 재미있는 일화가 있다. 서영은이 쓴 최정희에 관한 전기적 소설 〈강물의 끝〉에 보면 다음과 같은 이야기가 나온다. 어느 날 서울 거리를 거닐던 중 미당 서정주를 만났다. 반가운 마음에 최정희는 인사를 하려 했지만 미당은 그냥 지나쳐 버리고 만다. 최정희는 당황했지만 그 이유를 묻고자 서정주의 앞을 막고 "왜 날 보고도 모른 체하는 거예요?"라고 당돌하게 말하자 서정주는 한참 보고 나서야 "아하, 입만이 저의 모습입니다. 몰라 뵀었습니다."라며 껄껄 웃었다고 한다. 최정희가 누구인가. 일을 하다가도 손님이 오면 거울 앞에 달려가 머리매무새, 옷매무새를 만질 만큼 아름다움에 꿈이 많던 여자 아니던가. 손님이 남성일 때는 그 꿈이 더욱 컸고, 나이 어린 남성, 중학생이라 하여도 총채를 집어던진 채 머릿수건을 벗으며 거울에다 자신을 비춰보려고 달려 가던 그녀가 아니던가. 파인은 그러한 최정희를 보며 "사내 라면 아무나 보고 꼬리를 치려 든다"며 놀리곤 하였다. 이러 했던 그녀가 덕소로 이사 온 후 내내 했던 일이란 다름 아닌 흙과의 사랑이었다. 작품 〈탄금의 서〉에 그간의 생활이 잘 나 타나 있다.

〈「탄금의 서」 집필 당시〉

흙 한줌 부은 적이 없고 이슬 한 방울 먹인 적 없건만 꽃이 피고 새가 와서 울고 했다. 꽃과 새뿐이랴. 배꽃이 지면 앵도가 붉어 가지를 땅에 드리우고 그것이 끝나면 주먹만큼씩한 살구를 먹었다. 자두는 살구보다 조금 뒤였으며 복숭아, 배, 감, 은행 이러한 순서로 우리의 미각은 철을 따라 새로워 갔다. 과일은 우리가 흡족히 먹고도 주체할 수 없이 남았다. 바구니로 이웃에 담아 돌리기도 하고 고사떡이니 잔치떡이니 가져오는 그릇에 그득그득 채워보내기도 했다.

―〈탄금의 서〉 가운에서

「탄금의 서」 육필 원고 (영인문학관 소장)

최정희는 텃밭에 감자, 무, 배추, 마늘 이외에도 오이, 호박, 가지, 아욱, 쑥갓 따위의 푸성귀를 심어 가꾸는 한편, 닭을 쳐 알을 얻고, 알을 부화시켜 병아리를 길렀다. 첫새벽에 밭으로 나가 김을 매고 잡초를 뽑고 북을 돋아 주었다. 최정희는 그렇게 자연과 흙에 몰두했다. 최정희에게 여성성의 상징인 거울을 버리고 흙을 가까이 한 사건은 어떠한 의미를 갖는 것일까? 그녀의 말을 들어보자.

미당의 말을 통해, 그녀는 자신의 생활이 거울로부터 얼마나 멀리 떨어져 있는지 돌연 깨닫게 되었다. 그 거울은 기실, 그것에 자기를 비쳐보는 주체로 하여금 아름다움에 대해 무한히 꿈꾸게 하는 힘, 모든 남성으로 하여금 진정한 남성이 되게 하는 영원한 여성스러움을 이끌어내게 하는 힘, 그것이었다.

하지만 그 '거울'을 골방 깊숙이 미쳐놓은 대신, 그녀는 이 山家生活을 통해 내면으로 여러 겹의 나이테를 갖게 되었고, 〈우물치는 풍경〉, 〈풍류 잡히는 마을〉, 〈점례〉, 〈고추〉, 〈베갯모〉 등의 작품을 얻었다. 그리고 외모에서나 성격에서나 엄마를 꼭 닮은 둘째딸을 얻었다. 그 딸의 이름은 항란(采原)이었다.

－〈강물의 끝〉 가운데서

흙과의 만남을 통해 그녀는 여성성의 상징이었던 '거울'을 골방에 밀어 넣은 대신 〈우물치는 풍경〉 등의 작품과 둘째딸을 얻었다고 했다. 정확히 말하자면 이것은 사실 관계의 확인에 지나지 않는다. 덕소로의 이사가 갖는 중요한 의미는 바로 세 번째 의미, 즉 작품세계의 변화에 있었던 것이다.

〈흉가〉를 거치면서 최정희의 작품세계는 '여성성'과 '모성애'이라는 용어로 평자들의 입을 모으게 했다. 초창기에 썼던 동반자 문학 계열 혹은 신경향파 계열의 문학을 정리하고 새롭게 발견한 세계가 여성성과 모성의 이야기였다. 그런데 덕소로의 이사를 통해 알게 된 흙의 의미는 여성성을 넘어서는 새로운 세계를 보여주었다. 아니 좀 더 정확하게 말하자면 새로운 세계라기보다는 잊고 있었던 세계에 대한 기억을 찾을 수 있었다. 그렇다고 예전처럼 '이유도 모른 채' 형무소로 끌려가던 수준이 아니다. 여성성의 발견에도 그랬듯이 이번에도 그녀는 열심히 공부하고 생각한 결과였다. 바로 "하상 배가 고파서 못 견디는 그들", 즉 농민에 대한 이야기였다.

> 이즈막에 와서 농촌생활에서 얻은 재료를 몇 편 간 썼다. 어떤 이는 내 창작세계가 갑자기 달라졌다고 고마운 걱정을 해주는 것이나, 갑자기 달라진 것이 아니다.
>
> 해방이 되었다고 하는 농민들에게 아직도 사슬은 대인 채로, 굶주리고 헐벗고 하는 참담을 그대로 보고 있을 수가 없어서 쓴 것이다. 내가 여기 와서 그들과 한가지로 살고 있으면서, 내 눈 앞에 쓰렷한 비참한 사실을 목도하면서, 그것들을 보아가는 사이에 내 피가 뛰고 내 붓대가 가만있으려 들지 않는 것을 내가 어떻게 적지 않고 있을 것이냐 말이다. 나는 사회주의도 아무 주의도 모른다. 그러나 사회의 정의가 어떤 것인가를 관찰하기에는 조금도 게을르지 않겠다. (1948년 1월 9일 덕소 山家에서)[30]

실제 최정희는 "이웃의 농사꾼들이 농사짓는 것을 보아가면서, 농사에 대한 책을 읽어가면서 스스로 연구했으며, 쉬지 않고 몰두했다"라고 회고하고 있다. 그리고 이러한 몰두의 결과물이 위에서 언급한 작품들이었다. 그녀는 변하지 않았

---

30) 최정희, 「나의문학생활자서」, 『백민』, 1948. 3, 47쪽.

다고 말하고 있다. 맞는 말이다. 변한 것이 아니라 초기의 성향을 회복한 것이다. 그것도 더욱 진지한 자세와 깊은 눈으로 돌아온 것이다. 이에 대해 이병순은 다음과 같이 말하고 있다.

> 해방기 최정희 소설의 핵심은 작가를 둘러싼 사회적 현실의 변화에 민감하게 반응하는 한편 경험적 서사를 구현하는 데 있다. 즉 최정희의 초기 습작에 나타난 경향성은 1930년대 초가 카프의 전성시대였다는 점을 감안해야 이해할 수 있고, 1930년대 후반부터 1940년대 초까지의 '모성'에의 관심은 김유영과의 결별, 그리고 파인과의 만남 속에서 겪는 일련의 자전적 내용들과 합치한다. 이어 해방기에 이르자 최정희는 시대이념의 변화에 촉수를 내민다. 즉 좌익 이념이 주도권을 잡았던 1947년 중반 전후의 작품에서는 토지 추수의 삼분병작제를 중심으로 지주와 소작인의 악화된 관계(〈봉수와 그 가족〉, 〈풍류 잡히는 마을〉, 〈점례〉, 〈우물치는 풍경〉)를 그려냈는가 하면, 그 이후 좌익이념이 퇴조하고 우익 이념이 자리 잡게 되는 1948년부터는 낭만적 서정의 세계(〈꽃피는 계절〉, 〈수탉〉, 〈베겟모〉, 〈봄〉, 〈바람처럼〉, 〈선을 보고〉)로 안착하게 되는 것이다.[31]

이병순의 구분은 나름대로 의미는 있지만, 그의 주장대로 최정희가 시류의 흐름에 맞춰 작품을 쓴 것으로는 보이지 않는다. 특히 좌익이념이 주도권을 잡았기 때문에 1947년 중반의 작품이 지주와 소작인의 관계가 중심이 되었다는 주장은 다소 과도한 주장으로 보인다. 〈풍류 잡히는 마을〉에 보면 당시 좌익의 표상으로 인식되던 여운형에 대한 부정적인 묘사

---

31) 이병순, 「현실추수와 낭만적 서정의 세계」, 『현대소설연구』 26, 2005. 6. 133쪽.

가 나오고 있기 때문이다. 반면 이승만과 김구에 대해서는 다소 친화적인 표현이 나오고 있다는 점 또한 그렇다. 최정희는 식민지 시대를 벗어남으로 인해 그녀 본연의 시선, 즉 현실에 대한 짙은 관심이 장애물 없이 다시 회복되었고, 덕소라는 공간은 최정희에게 관찰의 대상이 되었다. 해방이라는 자유에 대한 분출이 그녀의 현실적 시선을 되찾아 준 것이다.

4) 해방기 작품의 현실인식

해방 후 최정희의 작품은 또 한 번 변신을 준비한다. 정확히 말한다면 습작기 시절의 흔적이었던 현실에 대한 감각이 되살아나고 있었고, 그것이 작품에 녹아들기 시작한 것이다. 특히 덕소에서의 생활과 체험이 이러한 현실감각으로 다시 살아나기 시작했다. 이는 최정희가 바라본 당시의 현실, 즉 '해방이 되었다고는 하나 농민들에게 아직도 사슬은 대인 채로, 굶주리고 헐벗고 하는 참상'을 그대로 보고 있을 수가 없었기 때문이다. 최정희는 그들과 함께 생활하면서 "쓰렷한 비참한 사실을 목도하면서, 그것들을 보아가는 사이에 내 피가 뛰고 내 붓대가 가만있으려 들지 않는 것을 내가 어떻게 적지 않고 있을 것이냐"며 다시 현실에 대한 예민한 촉수를 드러낸다.

이러한 작품으로는 〈봉수와 그 가족〉, 〈풍류 잡히는 마을〉, 〈점례〉, 〈우물치는 풍경〉 등이 있다. 이 작품들에서 최정희는 지주와 소작인과의 관계를 통해서 농촌사회의 제도적 모순을 드러내고 지주의 착취와 횡포 때문에 억울한 희생을 감수해야 하는 소작인들의 참상을 사실적인 수법으로 그리고 있다.[32] 이 중 주목을 요하는 것으로 〈풍류 잡히는 마을〉이 있다. 이 작품에 주목해야 하는 이유는 식민지 말부터 해방직후까지 지주들의 횡포와 소작민의 궁핍한 삶을 치밀하게 그리고 있기 때문이다. 특히 서흥수라는 지주를 통해 해방 직후 중요한 사건들을 사안별로 형상화하고 있으며, 역사적 사실에 바탕을 두었던 만큼 당시의 상황을 이해할 수 있는 자료로서의 가치도 함께 지니고 있다.

족제비의 침입으로 닭 피해를 입은 '나'는 목수 영감에게 닭장 짓는 일을 부탁했지만 일이 시원치않다. 이미 일당을 지급했으나 영감은 제 날짜에 일을 마치지 못했고 닭들의 피해는 날로 커져만 갔다. 화가 난 '나'는 이 모든 것이 서흥수라는 지주 때문이라고 생각하고 서흥수의 회갑잔치를 망쳐놓을 심정으로 집을 나서면서 역사적 사건들을 하나씩 그려내기 시작한다.

식민지 말의 상황이다. 서흥수는 명절 때만 되면 큰 잔치를 벌이는데 이 모든 것은 총독부 사람들과 주재소, 면의 직

원들을 대접하기 위해서이다. 서홍수의 아들이 총독부에 다니고 있었으며, 명절이 되면 "총독부에도 어느 아랫도리에 앉을 인물들이 아닌 고관들"이 서홍수의 집으로 초대되었으며, 그곳에서 총독부 관리들은 "기생들과 함께 진탕만탕 먹고 춤추며 소리하며 밤이 밝기까지 놀았"다. 총독부의 잔치가 끝나면 주재소와 면직원들을 초대했다. "총독부의 찌꺼기라고 불평불만 품는 자 하나 없이 감지덕지해서 고기에 술에 떡에 잘 먹기만 할 뿐 아니라 색주가들까지 불러서 역시 총독부 못하지 않게" 놀고 갔다. 권력과 그곳에 기생하는 자들의 고리 속에는 꼭 민중들의 처절한 삶이 포함되고 있었는데 최정희는 이를 놓치지 않고 있다.

> 마을 사람들은 전날과 마찬가지로 구경꾼으로서 그 마당에 발을 들이민 자가 없었다. 거저 군침을 삼키며 서홍수네 설 명절 놀이를 옛날 놀이를 옛날 이야기하듯 이야기만 하고 있었다. 그 고길 한 점 먹었으면 하고 침을 꿀꺽 삼키는 노인도 있었다. 그 술을 한 되 쭈욱 들이켰으면 하고 목을 길게 빼는 모주꾼도 있었다. 아무렇거든 한번 진탕으루 먹어 봤으면 하는 젊은이도 있었다.
>
> 항상 배가 고파서 못 견디는 그들은 고기나 떡이 아니더라도 무엇이고 간에 정말 배부르게 단 한 번이라도 먹을 수 있었으면 했다.[33]

큰 잔치에는 꼭 손님이나 구경꾼들이 몰려들기 마련이다. 콩고물이라도 얻을까 하는 마음에서 이다. 하지만 서홍수의

---

33) 최정희, 〈풍류 잡히는 마을〉, 『한국소설문학대계 – 김정한 · 최정희』 31, 앞의 책, 507쪽.

잔치에는 구경꾼이 없다. "항상 배가 고파서 못 견디는" 그들이었음에도 "누구 한 사람 구경꾼으로 그 마당에 발을 들이민 자가 없었"던 것이다. 이유는 간단하다. 주재소 순사나 면직원, 즉 "권리 있는 사람 앞에서 도무지 꼼짝 못하는 그들인 까닭"이다. 궁핍과 물리적 폭력의 공포 앞에 맨몸으로 떨어야 했던 당시 민중들의 처절한 삶에도 불구하고 지주들의 삶은 더욱 풍요로워졌다. 식구 수에 관계없이 이불 하나라도 있으면 하는 마을 사람들과 달리 서흥수의 딸은 시집갈 때가 멀었음에도 이부자리만 칠팔 채가 넘는다. 서흥수의 손녀는 파리를 많이 잡았다는 이유로 교장의 상과 주재소 수석의 특별상을 받는다. 하지만 실은 소녀의 반 아이들이 잡아다 준 것이었다. 서흥수는 "이 부락에서 왕노릇"을 하고 있었던 것이다. 뿐만 아니라 "몇 집을 내놓곤 죄다 서흥수네 작인으로 살아"가고 있다.

나는 또 서흥수네 소작인 중에 농사의 성적이 불량한 작인을 서흥수가 추려서 면소와 주재소에 적어 보냈다는 것도 마을 사람들로부터 들었다. 적어 보내면 영락없이 징용장이 나왔다는 것도 들었다. 징용장이 나와서 징용을 떠나간 작인의 논은 농사 지을 사람이 없으니까라는 구실로써 소작권이 다른 데로 옮아간다는 것도 알았다. 이것만이 아니었다. 서흥수는 자기의 이익을 위해서 얼마든지 머리를 쥐어짰다. 성적이 불량한 작인을 징용에 뽑혀 가게 만드는 한편 자기에게 굽신굽신하고 농사의 성적을 잘 내어 자기의 배를 불려 주는 자는 추려서 또 면소와 주재소에 보내었다는 말도 들었다. 서흥수네 일이라면 웃통을 벗고 덤비는 것이 이곳 관리들이라는 말까지 듣는 면

직원이요 주재소 순사들이라 서홍수의 청을 들어서 후자들에겐 농업
지도원이라는 명목을 붙여 주고 징용 징발 보국대에 빠지게 하였다
는 말도 들었다. 마을에서 대글대글한 축들이 열이면 열이 다 나가야
하는 때에 그 길을 면하는 것만 해도 죽었다 산 목숨인데 그 위에 농
업지도원이라는 벼슬(?)까지 하게 되니 서홍수의 작인들은 기뻐서 말
이 아니 나올 지경이라는 것도 들었다. 서홍수는 기뻐하는 작인에게
누구의 덕인 줄 아느냐고 이렇게 으름장을 놓게 되자니까 농업지도
원이 된 서홍수의 작인들은 전보다 서홍수에게 만만해지고 전보다
더 농사를 잘 짓고 전보다 더 닭이랑, 엿이랑, 곶감이란 이런 온갖
선물을 서홍수를 위해서 바친다는 것도 알았다.[34]

서홍수가 농사의 성적이 불량한 작인의 명단을 면소와 주
재소로 보내면 "영락없이 징용장"이 나왔다. 이를 통해 소작
권을 마음대로 바꾸곤 했다. 반면 자신의 말을 잘 듣는 소작
인의 명단을 면소와 주재소로 보내 '징용 징발 보국대'에서
제외시켜 주거나 '농업지도원'이라는 벼슬을 주기도 했다. 이
러다 보니 마을 사람들은 "전보다 더 농사를 잘 짓고 전보다
더 닭이랑, 엿이랑, 곶감이랑 이런 온갖 선물을 서홍수를 위
해" 바쳐야 했다. 서홍수에게 안 되는 일은 없었다. 온 마을
이 굶주림과 징용, 징발, 보국대, 학병으로 생지옥이 되었을
때도 서홍수네 가족은 "아무도, 식모나 아이 보는 계집애까
지도 그런 일을 전연 모르고" 있었다.

해방이 되었다. 세상이 뒤집어진 것이다. 누구의 지시도 없
이 "행렬의 한 부분이 어느새 와아악 소리와 함께 주재소를

---

34) 〈풍류 잡히는 마을〉, 508쪽.

들이치고 면사무소를 때려” 부쉈다. “으리으리 무섭던 면사무소와 주재소에는 그 얄밉고 우쭐대던 자들이 하나 없고, 마을 사람들로 조직된 치안유지회”가 주민의 생명과 재산을 보호하였다. 상황이 이렇게 반전되자 지주 서흥수도 어쩔 수가 없었다. 쌀 열 가마니를 치안유지회에 기부했다. 마을 극빈자에게 나누어주라는 것이었다. 하지만 이러한 선행은 오래가지 않았다.

해방 전에는 그래도 쌀을 빌려 먹을 수 있었지만 해방 후 쌀값이 자꾸 오르자 쌀을 가진 자들은 쌀을 장리로 빌려주는 것보다 파는 것이 이윤이 남았기 때문에 쌀을 꾸어주지 않았다. 서흥수 역시 마찬가지였다. 그의 아들이 다시 총독부에 앉아 있는 군정청 관리로 들어가면서 다시 서슬이 퍼레진 것이다. 서흥수는 많은 땅을 팔았다. 그 땅을 부쳐 먹던 작인들을 헌신짝처럼 버린 것이다. 작인들은 농사를 짓기 위해 “집을 팔고, 소를 팔고 온갖 것을 다 팔고 심지어는 김장독까지 다 팔고 그러고도 토지소유권 문서를 잡히게 하고 높은 변리로 빚을 내고 해서 부치던 땅을” 사려고 했지만 부질없는 일이었다.

서흥수네는 중치 하치는 다 팔고 한목 만 평 가까운 땅이 쪽 내깔린 좋은 것들만 농사를 짓는데 그 방법이 참 묘하였다. 근 만 평 땅에 작인이 삼십 명 넘었다. 삼십 명 넘는 작인 중에서 서흥수는 가장 상치의 작인을 골라내었다. 해방 전에 징용을 안 나가고 농업지도원이라는 패를 가슴에 붙였던 자들 중에서도 고르고 다시 고르고 해서 그들에게 땅을 나누어 주는데 이건 경작권 없이 주는 땅이었다. 또 땅도 다른 땅과 마찬가지로 작인에게서 경작권을 죄다 박탈해 가지고 그것을 다시 한 사람에게 열 마지기, 또 농사꾼이 한집에 셋씩 넷씩 되는 데는 열다섯 마지기도 주고 혹은 여덟 마지기 일곱 마지기 다섯 마지기씩을 주는데 경작권까지 주는 것이 아니고 그저 농사를 지어서 가을에 추수를 해서 그 나는 소출 중에서 서흥수가 삼분지 이 이상을 차지하고 그 나머지를 농사지은 자에게 주는 것이었다.[35]

서흥수의 횡포는 해방 이후에도 전혀 달라지지 않았다. 횡포의 대상만 달라졌을 뿐 횡포의 깊이는 더욱 깊어졌다. 해방 전에는 그나마 부쳐 먹던 작인들 대부분이 경작권을 잃었으며, 그나마 서흥수에게 땅을 부쳐 먹는 자들도 경작권도 없이 그냥 농사를 지어야 했다. 그리고는 나오는 소출 가운데 무조건 3분의 2 이상을 서흥수가 가져갔다. 사람들은 그나마라도 빌어 먹을까 하고 서흥수에게 애걸하거나 뇌물을 바치지만 그것도 쉬운 일이 아니었다. 결국 "마을은 다시 눈물의 바다 한숨의 골짜기"로 변하였다.

그러나 최정희는 모든 죄악을 지주인 서흥수에게만 돌리지 않는다. 농민들의 나약한 삶, 세상의 변화에도 불구하고 변치 않는 '노예근성'에 대해서도 신랄한 비판을 한다.

어느 날 우리 집에 무엇을 구하러 온 마을 사람 하나가 있어서 그 사람의 비굴하게 웃는 웃음에서 나는 얼핏 내 오래인 숙제를 풀게 되

---

35) 〈풍류 잡히는 마을〉, 522쪽.

었다. 즉 내가 아무리 생각해도 어디서 보았는지 알 수 없던 얼굴들은 내가 어릴 적 우리 고향에서 본 농민들의 얼굴과 비슷했던 것이다. 함경도와 경기도의 농민이 족보가 같을 리 없겠고 또 그 외편으로 걸릴 리도 만무할 텐데 이렇게 비슷한 것은 그들의 눈꼬리에서 시작해서 입귀덩에 가서 끊긴 댓살 같은 주름살 때문인 것이다. 이 주름살은 함경도의 농민이나 경기도의 농민이나 똑같이 지주의 종으로 오래 사는 사이에 한번 제멋대로 웃어 보지 못하고 늘 비굴한 웃음을 자자연하게 짓는 데서 생긴 것이라고 나는 깨달았다. 그렇기 때문에 함경도의 농민과 경기도의 농민의 얼굴이 비슷한 것이고 젊은 조서방과 늙은 안서방이 비슷한 얼굴인 것이 아니겠는가. 그들이 같은 운명에서 같은 '멍에'를 지고 살아 왔기 때문인 것은 아니겠는가.[36]

지독한 가난과 종으로서의 삶 때문이었을까. 최정희는 지주의 횡포에 속수무책으로 당하는 또는 그러한 지주에게 빌붙어 살기 위해 발버둥 치는 농민들을 '노예근성'이라 비판한다. 해방의 기쁨도 서흥수의 낯색을 살피느라 기쁨을 뱃속에 감추어야 했고, 삼분병작제가 법령으로 발포되었음에도 서흥수를 찾아가 "반씩 먹여 주는 것도 황송스런데 삼분병작이라는 될 말입니까. 남들은 어쨌든지 이놈은 전대루 해드리겠습니다."라며 도리어 서흥수를 걱정해주는 것이었다. 그런데 문제는 이러한 행동이 아첨이 아니라 진실로 황송스런 심리에서 나온다는 것이다. 그럴 수밖에 없는 것이 그들은 그들의 말대로 조상 대대 평생 종노릇만 해왔기에 그들은 서로 닮아 있을 수밖에 없는 것이다. 타지의 사람이라도 돈이 없

으면 경멸하고 돈이 많으면 친절히 하는 이 노예근성 또한 최정희에게는 비판의 대상이었다.

〈점례〉는 극심한 궁핍을 해결하기 위해 술집에서 부엌일을 보고 있는 복이에게 시집을 가기로 되어 있는 주인공 점례가 장대에 꽂혀서 죽어가는 자기네 닭을 구해내려다가 악덕 지주인 허승구의 돌에 맞아 죽음을 맞는다는 이야기이다. 이 작품의 주인공 점례는 가난과 배고픔을 해결하기 위해 14살의 나이로 혼인을 해야 하는 소녀이다. 점례가 복이에게 시집을 가려는 구체적인 이유는 "복이의 색시되는 자도 복이와 같이 그 술집 부엌일을 맡아 보아주게 되면 먹는 것만은 배불리 먹을 수가 있다는 점" 때문이다. "죽음보다 두려운 굶주림을 매일같이 당하고 있는" 점례에게 배고픔을 면할 수 있는 것이 "진리"였던 것이다. 여기서도 지주에 대한 횡포를 신랄하게 고발하고 있다.

> "닭을 모조리 없애 버려라" 허승구는 명령하였다. 누구의 명령이라고 안 들을 수 있으랴. 당장 없앤 집도 있고 혹은 어리 속에 가둬 놓고 먹이가다 즉 살이가 들어서 잡아먹은 집도 있고 팔아 버린 집도 있고, 허승구네 집에 선사물로 보낸 집도 있었다.[37]

울 안이 천 평도 넘는 허승구의 집 주위를 빙 둘러싼 집들이 모두 허승구의 네 울타리로 드나들고 있는 형편이었다.

---

37) 최정희, 〈점례〉, 『한국소설문학대계―김정한 · 최정희』, 앞의 책, 295쪽.

지주인 허숭구는 이러한 것이 어지럽고 귀찮아서 '닭을 모조리 없애 버려라'라고 명령한 것이다. 이 명령은 소작인들에게는 바로 법이었다. 그런데 점례는 이 법을 어기고 닭을 기르다가 죽음에까지 이르게 된 것이다. 이 작품에서 지주에 대한 점례 가족의 두 가지 반항을 볼 수 있다. 닭을 없애라는 명령에도 불구하고 시집갈 때 버선을 사기 위해 닭을 기르고 있었다는 것과 허숭구네 채마밭에 들어갔다가 붙잡혀 장대 끝에 매달리는 신세가 되자 그 닭을 구해내기 위해 던진 돌멩이에 맞고 죽음을 당하게 된 점이 그것이다. 최정희는 무지한 소작인들을 연민의 눈으로 바라보고 있다. 이 작품 역시 덕소에서의 체험을 토대로 당시의 사회문제였던 지주의 횡포와 소작인들의 궁핍한 삶을 형상화 한 것이었다.

5) 한국전쟁 이후

최정희의 작품 세계에 또 한 번의 변화를 가져오게 만든 사건이 바로 한국전쟁이었다. 대표적인 작품으로는 〈정적일순〉, 〈찬란한 대낮〉, 〈인간사〉 등이 있다. 이들 작품에서는 최정희 개인의 체험을 통해 민족의 역사적 아픔을 밀도 있게 그려내고 있다.

〈1950년대, 김환기 내외와 함께〉 (영인문학관 소장)

〈정적일순〉은 1·4 후퇴 당시 모든 가족이 피난을 가고 혼자 큰 집을 지키고 있는 한 노파의 심리 세계와 그 행동을 세밀히 관찰한 작품이다. 노파에게는 이데올로기가 없다. 오직 한국전쟁 때 이북으로 끌려간 작은 아들과 사위를 따라 전쟁 전에 이북으로 간 딸이 집이라고 찾아왔을 때 아무도 없어서는 안 된다고 혼자 집을 지키고 있는 것이다. 혹시 공산군이 쳐들어오면 아들과 딸을 만날 수 있지 않을까 하는 실낱같은 희망으로 그들이 돌아올 날을 고대하면서 집안의 재무를 간수한다. 이런 노파의 모습을 통해 이데올로기의 비극과 이산의 아픔을 그려내고 있다. 〈찬란한 대낮〉은 한국전쟁으로 말미암아 길수네의 가정에 어떤 변화가 왔으며 또 이 과정에서 어떤 고생을 겪게 되었는가 하는 그 자초지종을 그리면서 꿀꿀이죽으로 연명하는 난민들의 생활상과 전쟁고아들의 모습을 통해 전쟁의 비극상을 그리고 있다.

〈인간사〉는 최정희의 대표작으로 평가되고 있다. 그 스케일이나 작품의 배경을 이루고 있는 사건의 규모가 매우 크고 복잡하다. 등장인물만 해도 20여 명이 넘는데다가 시대적 배경으로는 일제 말에서부터 해방을 거쳐 한국전쟁 그리고 4·19에 이르고 있다. 이러한 역사의 격랑기를 통해 주인공 강문오와 그를 둘러싼 등장인물들이 어떻게 처신하고 또 어떠한 행동양상을 보여주는가 하는 일대 드라마가 펼쳐지고 있다. 특히 이 작품의 주요 사건은 강문오와 마채희의 사랑, 마채균과 허윤, 하용빈 등의 반일운동 문제, 동지 오경배의 친일행위, 한국전쟁 당시 강문오가 빨갱이 소탕에 적극 참여하는 이야기, 허윤, 하용빈, 마채균 등의 간첩행위와 함께 처형, 성칠수, 김창욱, 강문희 등과 관계된 부산 피난시절의 이야기, 강문오를 버리고 다른 남자에게로 간 마채희의 후일담, 4·19 데모에 참가하여 충격을 받아 끝내 한 많은 생애를 끝맺는 강문오의 최후 등으로 꾸며져 있다.

한마디로 이 작품은 제목이 말하듯이 불행한 시대를 살아가고 또 불행한 시대를 맞아 죽어간 문자 그대로 인간의 역사이자 드라마이다. 특히 주인공 강문오는 역사에 의해 만신

창이가 된 채 이상과 젊음을 상실하고 한 시대의 불행을 온통 뒤집어쓰고 죽어간 인물로 나타나 있어 역사란 과연 인간에게 무엇인가라는 질문을 던지고 있다.[38]

 나오는 말

인간 최정희, 작가 최정희. 그녀는 양쪽 모두 파란만장한 삶을 살았다. 거대한 세계와 그 폭력 앞에 여성의 몸으로, 작가의 몸으로, 어머니의 몸으로 시대를 맞서 왔다. 이처럼 거대한 한 인간을 어떻게 마무리하면 좋을까? 어느 대학의 교수가 최정희와의 인연을 떠올리며 쓴 글을 본 적이 있다. 아마도 그 글이 최정희를 가장 잘 보여주는 글이 아닐까 싶어 이곳에 몇 자 옮겨본다.

> "최정희 선생님은 어머니 같은 연세인데 이상하게 여자를 느끼게 하는 분"이라고 김승옥 씨가 말을 한 적이 있다. 그 말은 맞다. 같은 여자의 눈으로 보아도 최 선생님은 확실히 여자를 느끼게 하는 면이 있다. 젊은 여자의 그 말랑말랑하고 따뜻한 느낌을 일흔이 넘어도 지니고 계셔서 영 할머니 같은 생각이 들지 않는다.

38) 이유식, 「운명과 화해정신」, 『우리문학의 높이와 넓이』, 교음사, 1994, 526~528 참조.

그러면서 또 어린애 같은 느낌도 준다. 성북동에 살 때, 이따금 저녁 모임 후 선생님을 정릉에 모셔다 드린 일이 있다. 엘리베이터를 타고 같이 올라가 불 밝히는 걸 보고 돌아오는데도, 꼭 어두운 밤 첩첩 산중에 아이를 혼자 버리고 가는 것 같은 느낌이 들어, 늘 발걸음이 무거웠었다. 그 여성스러움에 어린아이스러움이 겹쳐져 선생님은 참 힘든 길을 걸으며 살아오셨다.(……중략)

그렇게 고단한 삶을 사셨는데도 선생님의 강물은 변하지 않았다. 어떤 풍상도 더럽힐 수 없는 순수함을 그대로 지닌 채 칠십 고개를 훌쩍 넘으신 것이다. 그런 순수한 감성 때문에 선생님 곁에는 늘 젊은 친구들이 따라 다녔다. 바쁜 세상에 정릉 골짜기까지 자기를 찾아오는 젊은이들을 선생님은 '줄봉사'라고 불렀다. 당신도 '줄봉사'의 대열에 끼어, 선배나 어른이 아니라 친구로서 그들과 감성의 공감대를 이룩하고 있었다.(……중략)

미국에 있는 식구들이 그리워 몸을 쥐어짜며 고통스럽게 우는 선생님을 본 일이 있다. 돌아가시기 얼마 전의 일이다. 그 옆에 있는 기와를 본다. 색칠해서 만든 청기와다. 쇼핑 같은 걸 잘 하지 않는 성격이신데, 언제 어디서 저것을 샀을까? 어디에 놓고 얼마나 사랑했을까?

주전자도 오래 쓰던 것이라 관록이 붙어 있다. 이 주전자에 차를 끓여 얼마나 많은 문인들을 대접했을까? 방문하는 사람들을 모두 연인처럼 맞이하던 선생님은, 이 주전자 앞에서 또 얼마나 많은 웃음을 웃으셨을까? 선생님이 가신 지 십 년이 훨씬 넘었는데, 아직도 손으로 입을 가리며 웃던 모습이 눈에 삼삼하다.

선생님은 허세를 부릴 줄 모르는 분이다. 나혜석처럼 거대한 담론을 떠드는 것은 선생님에게는 맞지 않는다. 선생님은 조용히 결벽스럽게 자신의 마음속과 주변을 재현하는 작업을 하셨다. 어린아이 같은 정직한 눈으로 포착한 현실을 여자의 감성으로 파헤쳐 간 것이다. 〈강물은 또 몇 천리〉라는 제목을 한 번 더 들여다본다. 흘러간 강물이 다시 오지 못한다는 당연한 사실이 새삼스럽게 아프다.[39]

____

39) 강인숙, 「최정희 여사의 〈강물은 또 몇 천리〉의 서두와 유품」, 『어느 고양이의 꿈』, 생각의 나무, 2008, 53~57쪽.

〈말년의 최정희〉 (뉴시스)

김경원, 「최정희 – 역사적 격랑 소에서 여성의 좌표 찾기」, 『역사비평』, 1996. 봄.

김동리, 「여류작가의 회고와 전망」, 『문화』, 1947.

김동식, 「여성과 모성을 넘어서」, 『한국소설문학대계』 31, 동아출판사, 1995.

김복순, 「'범주 우선성'의 문제와 최정희의 식민지 시기 소설」, 『상허학보』 23, 2008. 6.

김양선, 「일제말기 여성작가들의 친일담론 연구」, 『어문연구』, 2005. 9.

김양선, 「근대 여성문학의 형성원리 연구」, 『어문연구』, 2007. 12.

김윤식, 「인형의식의 파멸-여성과 문학」, 『한국문학사논고』, 법문사, 1973.

박정애, 「최정희 소설에 나타난 여성적 글쓰기의 특성 연구」, 서울대 석사논문, 1998.

박종홍, 「신여성의 '양가성'과 '집 떠남' 고찰」, 『한민족어문학』, 2006. 8.

서영인, 「순응적 여성성과 국가주의」, 『현대소설연구』 25, 2005. 3.

서정자, 「최정희 소설연구-습작기 작품과 '흉가'를 중심으로」, 『원우론총』 4, 1986.

신동욱, 「최정희의 작품에 나타난 여성과 인간의식」, 『현대작가론』, 개문사, 1994.

심진경, 「문단의 '여류'와 '여류문단' – 식민지 시대 여성작가의 형성과정」, 『상허학보』 13집, 2004. 8.

심진경, 「최정희 문학의 여성성-여성작가로 산다는 것」, 『한국
　　　근대문학연구』, 2006. 4.
이상경, 「식민지의 여성과 민족의 문제-일제 파시즘하의 최정희
　　　와 임순득」, 『실천문학』, 2003 봄.
이영아, 「최정희의 〈천맥〉에 나타난 ‘국민’ 형성과정」, 『국어국
　　　문학』 149, 2008. 9.
임금복, 「최정희 소설에 나타난 지식인 연구」, 『성신어문학』 4,
　　　1991. 9.
정순진, 「모성과 여성의 갈등」, 『한국언어문학』 32, 1994. 5.
황수남, 「최정희, 김채원 소설의 모티브 연구」, 『비평문학』 19,
　　　2004. 11.

작가 연보

1906년 함북 성진군 예도에서 최재연 씨와 조덕선 씨의 4남매 중
　　　장녀로 출생.
1920년 부모와 함께 함남 단천으로 이사.
1924년 상경하여 동덕여학교에 입학.
1925년 숙명여자고등보통학교로 편입학.
1928년 숙명여자고등보통학교 졸업. 서울 중앙보육학교 입학.
1929년 서울 중앙보육학교 졸업. 경남 함안의 함안유치원 보모로
　　　근무.
1930년 일본으로 건너가 동경 삼하(三河) 유치원 보모로 일함. 학
　　　생극예술좌에 참가.

1931년 귀국. 종합지 삼천리사에 입사. 〈정당한 스파이〉를 『삼천
　　　리』에 발표.

1932년 장남 홍조 출생

1934년 전주사건에 연루되어 전주형무소에 투옥, 8개월간의 옥고
　　　치름.

1935년 출옥. 조선일보 출판부 입사.

1937년 〈흉가〉를 『조광』에 발표하여 문단의 공식적 데뷔 선언.

1940년 〈인맥〉을 『문장』에 발표.

1941년 〈천맥〉을 『삼천리』에 발표.

1942년 장녀 지원 출생. 경기도 양주군 덕소로 이사. 농촌생활 시작.

1947년 〈점례〉를 『문화』에, 〈풍류 잡히는 마을〉을 『백민』에 발표

1948년 단편집 《천맥》을 수선사에서 간행.

1949년 창작집 《풍류 잡히는 마을》을 아문각에서 간행.

1950년 한국전쟁 발발. 1 · 4 후퇴시 대구로 피난. 남편 김동인 납북.

1951년 종군작가단의 종군기자로 활약. 대구에서 공연된 문인극
　　　에 참여.

1953년 장편 〈녹생의 문〉을 『서울신문』에 연재.

1954년 동화집 《장다리꽃 필 때》를 학원사에서 간행. 장편 《녹색
　　　의 문》을 정음사에서 간행. 서울시 문화위원에 피촉.

1955년 창작집 《바람 속에서》를 인간사에서 간행.

1956년 중편 〈데드 마스크의 비극〉을 『평화신문』에, 〈찬란한 대
　　　낮〉을 『문학예술』에 발표.

1958년 장편 《인생찬가》로 제8회 서울시 문화상 본상 수상. 장편
　　　《끝없는 낭만》을 동학사에서 간행.

1960년 장편 《인간사》를 『사상계』에 연재하다가 중단. 『현대문학』
　　　에 추천심사위원에 피촉.

1962년 장편 《별을 헤는 소녀들》을 학원사에서 간행.

1964년 장편 《인간사》를 신사조사에서 간행. 장편 《인간사》로 제

1회 여류문학상 수상. 장편 〈강물은 또 몇 천리〉 제1부를
『현대문학』에서 2년 동안 연재.

1965년 중국 부인사진작가협회 초청으로 중국 방문. 문화계 시찰.
국세청 자문위원으로 피촉.

1967년 단편 〈제2여자의 풍경〉, 〈제3여자의 풍경〉을 발표. 파월장
병 위문차 종군작가단장으로 베트남 방문.

1969년 한국여류문학인협회장 피선.

1970년 단편 〈바다〉를 『월간문학』에, 단편 〈205 병실〉을 『현대문
학』에 발표. 예술원 회원에 피선.

1972년 한국예술원 본상 수상.

1976년 《찬란한 대낮》을 문학과지성사에서, 《탑돌이》를 범우소
설문고에서 간행.

1977년 《최정희문집》을 명서원에서, 《천맥》을 성바오로출판사에
서 간행.

1980년 단편 〈화투기〉를 『현대문학』에 발표.

1982년 3 · 1 문화상 수상.

1990년 정릉 자택에서 노환으로 별세.

 **대표작 감상**

최정희, 〈정당한 스파이〉

지금부터 일 년 전에 일어난 나의 한 폭의 역사를 공개하려고
합니다.

잡음의 심포니가 사람의 머리를 어지럽게 하는 도시—서울의
밤은 깊어졌습니다.

검은 고양이에 '야—홍'하는 울음소리가 흐릿한 적막을 깨트리
는 이때에 젊은 여자의 몸으로서—더욱이 그들과 싸워가는 엄숙
한 '맑시스트' FE라는 상대자를 가지고 있는 나로서는 이 밤의
이러한 걸음을 걷는 것은 매우 어려운 일이 아닐까하는 생각도
가졌습니다.

그러나 나의 마음에는 FE 등이 계획하는 일에 권태라고 할까
요, 하여튼 시원치 못한 느낌이 있었습니다.

그래서 두 사람 밖에 모르는 행동이 시작되었으니 그것은 남몰
래 X형사와 그날 밤 열두시에 천주교당 뒷골목 으슥한 곳에서 만
나자는 약속을 하였던 것입니다. 여러분이 욕하실는지 알 수 없으
나 나의 움직이는 마음이야 누구나 막을 사람은 없을 것입니다.

내가 약속한 장소에 이르렀을 때 X형사는 물론 먼저 와서 기
다리고 있었습니다. 때는 벌써 으슥한 골목집에서 열두시를 치는

시계소리가 내 귀의 고막을 흔드는 것이었습니다.

X형사는 내가 온 것을 발견하고 미친 사람 모양으로 반가워 달려오며 두 손을 꼭 쥐었습니다.

이때 나도 "안이 왔으면 어쩔까?"하고 조바심을 치는 중 먼저 와서 기다리는 그를 보니 퍽이나 반가웠습니다. 그러나 한편으로는 갑자기 두려운 생각이 전신을 흔들었습니다.

얼마 후-그는 나에게 말을 던지기 시작하였고, 나는 그의 말을 받지 않을 수 없었습니다.

"FE는 여기 오시는 것을 물론 모르겠지요?"

"네-"

"나는 당신이 그러한 생각을 가지고 있을 줄은 꿈에도 생각지 못했습니다."

"무슨 생각이요."

"뭘-아시겠지요 당신과 나의 관계는 차차 말 할 일이고 - 저"

"네, FE와 같이 ×××의 일을 하는 YC 말씀이지요."

"네, 네"

"물론 말해드리겠습니다. 나는 정말 그 사람들의 하는 일은 될 것 같지도 않고 언제든지 실증이 난답니다. 그런데 내가 당신을 믿을 수가 있어야지요."

"원 천만의 말씀을 하십니다. 전번에도 여러 번 말을 하였거니와 지금부터 당신은 호의호식할 수도 있으며 우리들은 언제까지든지 당신을 싸돌고 있으면 마음이 편할 것이 아닙니까?"

"글쎄요."

"어 – 이거 못 믿으시는 모양이로군요."

하며 X형사는 포켓에서는 굶주린 사람의 눈을 번쩍 뜨게 하는 '지화뭉치'가 나왔습니다. 나는 의아한 눈초리로 X형사를 쏘아보며 '저 사람이 어쩌려는 생각인지 알 수 없어'하는 생각에서 길게 나오던 숨결이 짧아졌습니다.

그는 그 돈을 서슴치 안고 나의 손에다가 쥐어줬습니다. 그때에 나는 떨리는 사름을 억제하고 무엇을 한참 생각하다가 입술을 두서너 번 깨물은 후에 천연덕스러운 태도로 그에게 말을 시작했습니다.

"FE는 YC를 제일 신임합니다. YC는 아마 그곳에서는 리더인 것 같아요."

이래서 나오는 실마리가 FE의 이야기보다 YC의 이야기를 전부 풀어놓으니 X형사는 이미 알고 있으면서도 반가워하였습니다.

◆·····························◆

이때에 하품을 길게 하며 저편 구석에서 나오는 순회 경관이 있었습니다.

능청맞게 –

"왜 그러십니까? 내가 경관인데……"

이 말을 듣고 나는 맘으로 '응, 경관이지 너희들은 이 사회에서 별다른 장해가 없을 것은 정리다.'하는 생각으로 양손을 서로 마주 대며 담 옆에 몸을 기대었습니다.

정복한 순회 경관은 X형사에게 경례를 깍듯이 하고 지나가려 할 때에 X형사는 그에게 말을 걸었습니다.

"오늘 밤에 별일은 없소?"

"네 - 별일은 없습니다만 지금 바로 두분이 이야기 하신 것을 엿듣는 듯하나 머 - 들었을리야 -"

"머? 지금 어떤 사람?"

"네 - 검은 옷을 입은 젊은 사람인데 나이는 한 삼십 세 가량이나 될까요, 하여튼 별반 의심할 사람은 아닌 것 같기에 그냥 보냈습니다. 술에 취한 모양이더군요."

X형사는 이 말을 듣고 안심하는 듯 -

"응 - 술잔이나 먹고 닫혀있는 카페 - 문을 두드리는 술주정뱅이겠지."

이 말을 들은 나는 여러 가지 조리 없는 생각이 머리를 어지럽게 했습니다. 'FE나 아닐까? YC 도적놈? 주정뱅이? 글쎄?' 등등 여러 가지 중에 어떤 것이 맞는다고는 결정하지 못했습니다.

순회 경관은 제 갈 데로 가고 X형사는 나를 위로한 후에 커다란 눈으로 사방을 휘 - 돌아보았습니다. 그리고는 나의 귀에다가 자기의 입을 갖다 대며 다음 같은 말을 속삭였습니다.

"여보세요. 나는 당신을 꼭 믿습니다."

"왜 새삼스럽게 또 그런 말씀을 하십니까?"

"저 YC 역시 나의 부하입니다. 지금까지 당신들의 비밀을 나에게 그대로 전하여주었습니다."

나는 YC에 대해서는 어느 정도까지 그러한 예상은 가지고 있었으나 너무도 놀라운 일이었습니다. 그러나 놀라는 기색을 안 보이려고 애쓰는 나에게 X형사는 키-스를 요구했습니다.

지금까지 내가 나를 생각해도 용감하고 대담한 계집이었음은 사실입니다.

이때에 나는 한층 더 X형사에게 눈웃음을 치지 않으면 안 되었습니다. YC의 사실을 더 알고 싶었기 때문입니다.

"YC가 당신의 부하라는 것은 거짓말이지요?"

"어허-나를 이렇게도 못 믿는단 말이요."

"믿을 조건이 있어야지요."

"그도 그러실 것입니다. 그러면 조건을 단단히 보여드릴터이니 내일 오후 네시쯤 BR 카페로 오십시오. 소위 경관을 피해서 다닌다는 YC오 안의 사이를 보여드리겠습니다."

나는 X형사와 두 번째 약속을 하고 집으로 향하게 되었습니다. YC에 대한 내 추측이 꼭 들어맞는데는 기쁘지 않을 수가 없었으며, 오랫동안 목적했던 것을 이룬 것 같아서 전신은 몹시도 가벼웠습니다. 그러나 내가 어디를 간 줄을 모르고 기다리고 있는 FE를 생각할 때는 미안한 생각도 있었습니다. 집문 앞까지 와서도 그를 대하기를 주저했습니다만은 들어가지 않을 수 없음으로 방문을 열고 바라다보니 FE의 얼굴은 몹시도 무서웠습니다. 굶주린 사자에 눈동자 모양으로 날카롭고 무섭게 번쩍였으며, FE의 격분의 숨소리는 고요한 밤공기를 흔들어 놓았습니다. 그는 무서운 눈으로 한참 노려보다가 불불 떨면서 일어서서 나의 뺨을 몹시도 때리며 "예 이 더러운 년!"

"이것을 (우리들의 비서) 놈들의 아가리에다가 죄다 처넣어
주리라……"

"네가 참 스파인줄은 몰랐다."

정신을 차리 수 없는 나는 이 말을 듣고 FE가 오늘밤 일을 모
르면 '스파이', '독부'라고 소리칠 일은 없겠는데 웬 영문인지 몰
랐습니다.

이때 FE는 너무도 기가 막히는 듯이 벌떡 일어나서 문 밖으로
나가려고 할 때, 나는 힘을 다해서 그의 나가는 것을 말렸으나,
그는 발길로 무지스럽게도 차던지고 캄캄한 밤 뒷골목으로 사라
져 버렸습니다.

나를 이해 못해주는 FE가 끝없이 밉기도 하고 안타깝기도 했
으나 아무 것도 모르는 그가 오해하기 쉬운 일이라고 짐작하였습
니다. 그래서 그가 다시 돌아오면 모든 것을 다 이야기 하려고 하
였습니다만은 밤이 지나고 이틀날 아침이 되어도 그의 행적은 보
이지를 안았습니다. 언제라도 들어 올 것을 믿고 나는 전후 사실
을 길게 써서 그의 책상 위에 놓고 골방에 숨어 있었습니다. 얼마
안 되어서 FE가 들어오는 양 아직도 어제 저녁 분이 안 없어진
모양으로

자기 혼자 아래와 같은 말을 중얼거리고 있었습니다.

"아몹쓸 계집이다."

"그 까닭에 우리들의 일은 놈들이 먼저 알고 있었구나."

"그리고 많은 희생자는 감방에서 고생을 한다."

"그런데 나의 유일한 동지YC는 오늘 어디를 갔는지 의론해보

려고 해도 볼 수가 없구나.” 등의 혼잣말을 중얼거릴 대로 중얼거
리고 있었습니다. 나는 FE가 ‘나의 유일한 친구 YC……’라는 말에
는 참을 수가 없어서 골방에서 뛰어나와 그의 앞에 가서 “여보세요
책상 위에 놓인 편지를 보아주세요 누가 스파인가를 잘 알 수 있을
겁니다. 그리고 나를 믿지 못 하겠거든 오후 네 시에 BR 카페에 가
서 보아 주십시오”

FE는 그래도 나를 못 믿었는지 아무 말도 없이 한숨만 휘- 쉬
고 있었습니다. 나 역시 그가 나를 이해하기 까지 아무 이야기도
하지 않으려고 했습니다.

얼마 후에 FE가 BR 카페에서 돌아오기는 오후 다섯 시 쯤 되
었습니다. 그는 나의 손을 꼭 붙잡고 “나의 용감한 다바리쉬여!
당신은 세상의 누구보다 강한 여성입니다. 나는 당신을 오해하였
습니다. 당신은 스파이가 아니었습니다. 아니 정당한 스파이였습
니다.” 그 후부터 나의 별명은 정당한 스파이였습니다.

(『삼천리』, 1931. 10.)

대표작 감상

최정희, 〈흉가〉

그 집은 '흉가(凶家)'라고 했다.

그것을 전연 모르고 나는 아침 일찍이 비가 몹시 오는데 우산을 받고 동저고릿바람으로, 앞을 서서 휘적휘적 잘 걷는 늙은 집주름의 손을 잡고 가까스로, 밤사이에 붙은 개천을 건너가서 그 집을 둘러보았다.

집은 대문에 쇠가 잠겨 있었다. 빈 집이라 계약만 잘 되면 곧 옮길 수 있을 것이 기뻐서 나는 집주름이 집주인을 데리러 비 오는 산모퉁이를 돌아간 뒤에 대문 밖에 우산을 받은 채 우두커니 섰다가 집 울타리 밖을 몇 번 휘이 둘러보았다. 앵두나무, 살구나무, 감나무가 집을 뺑 둘러싸고, 바로 집 뒤 가까이 산이 있고 좋은 바위도 군데군데 엎드러져 있었다.

앵두는 봉오리가 졌고, 살구나무, 능금나무엔 물이 다 오르고, 감나무만이 아직 거먼 대로 출출해 보였으나 오래지 않아서 잎이 무성할 것 같았다. 그리고 보니 그 집이 더 바짝 마음에 들어서 산모퉁이를 돌아간 집주름이 주인을 어서 데려오기를 얼마나 기다렸는지 모른다.

하기야 한시가 급한 형편이었으니 집주인과의 타협만 잘 된다면야 능금나무도 있고 하니, 어머니가 시골서 올라오신 뒤 삼 년째 두고 원하시는 부엌이 없다 하더라도 나는 그 집을 꼭 얻을 작정이었지만…….

일이 어찌 되느라고 그랬던지 어쨌든 한 삼십 분 만에 집주름이 데리고 온 집주인이란 사람은 집세를 한 달에 십 원씩 석 달치 삼십 원만 내어주면 당장에 이사를 해도 상관없다고 허락할 뿐만 아니라 벌써 육칠 년을 두고 지내 본 일이지만, 삼사 원짜리 방 한 칸을 얻자 해도 보증금이니 선세니 해가지고 사오십 원 나마의 돈이 있어야만 한다는 건데 그 집은 방 셋에 부엌 있고 마루 있고 뜰이 넓고 그 위에 경치가 좋고 한데, 보증금도 없고 선세 여러 달치 내라는 말도 없이 직업도 식구도 묻지 않고 그저 수월히 내어 주는 데는 무슨 까닭이 있지 않은가 하는 생각도 없지 않았으나 나는 그보다 집주인 입에서 내게 불리한 다른 말이 떨어질까 하는 초조한 마음에서 저녁 여섯시에 돈 삼십 원을 갖다 준다는 약속을 굳게굳게 하고 돌아왔다.

그러지 않자니 정동집에서 우리집 식구가 끝끝내 집달리와 변호사와 순사에게 그 집에 살던 백여 명 식구와 함께 쫓기던 날, 비대발괄 없이 마당에 동댕이쳐 내던지운 세간 등속을 걷어 싣고 자하문 밖 아는 이의 친구 집 건넌방을 빌려 임시로 옮기게 된 지도 한 달이 훨씬 넘는 때였으니까.

아무리 아는 이의 살뜰한 친구라고는 하지만 안면조차 없던 터이요, 또 그 위에 그 부인되는 이가 내 여학교 시대의 동창생이었다. 나는 그것을 전연 모르고 저녁 늦게 지저분하기 짝이 없는 우리집 세간을 걷어 싣고 어머니와 아이와 동생들을 데리고 자하문 턱 마루를 고생스레 넘어 그리로 갔을 때 너무 부끄러워서 울고 싶었다.

그 이튿날부터 더 민망한 것은 그 집에 심부름하는 석이가 우리 집 식구에게 제 방을 빼앗기고 십 리나 되는 문(門) 안 친척 집에 가서 자고는 아침 일찍이 눈을 비비며 넘어오는 것이었다.

하루이틀도 아니고 한 달이 훨씬 넘자니까 석이도 어지간히 고생스러웠던지 우리 아이가 밖에 나가는 때마다 너희가 언제 이사 가느냐고 물어 본다는 것이었다.

그 중에도 아이가 안팎을 드나들며 잠시도 문을 견디게 못 하고 어질러 놓고 떠들고 잘 바른 문과 벽에 글씨를 쓰고 그림을 그리고 채소밭에 들어가고 꽃나무 실과나무를 꺾고 그러지 말라면 더 큰 소리로 떠들고…….

내가 신문사에 안 나가던 어느 일요일에도 아이가 어떻게 말썽을 부리던지 나는 참다못해서 아이 입에 손을 틀어막고 볼따구니를 힘자라는 대로 꼬집어 흔들었다. 그랬더니 아이는 죽는다고 악을 바락바락 쓰다가 그만 나중에는 못 견디겠던지 소리도 못 내고 바르르 떨기만 할 때에 한쪽 구석에 경황없이 팔짱을 끼고 앉으셨던 어머니는 그 꼬락서니를 보시고 그만 아이를 끌어다가 안으시며 같이 우시는 것이었다.

"그게 무스거 알겠니 죄가 말기 깼다."

나를 나무람 하시는 어머니의 음성은 떨리었다. 나도 웬만하면 거기서 소리쳐 울고 싶었지만 어머니와 아이 앞에서 눈물짓는 것이 더구나 비참한 것 같고 또 안방 주인네들이 부끄러웠던 탓으로 앞산 마루턱을 넘어 커다란 소나무 밑에를 찾아갔었다. 나는 실컷 울려고 했으나 울지도 못하고 허물어진 성터와 그 위에 뭉게뭉게 떠도는 하얀 구름만 바라보며 어머니와 아이를 생각했다.

사월의 햇빛이 따스했다. 그 햇발과 같이 따스한 정이 그립기도 했다.

우리는 집세 삼십 원을 갖다 주던 이튿날 아침으로 곧 이사를 했다. 본래 있던 아는 이의 친구 집과 그 집 사이가 아주 가까운 거리요, 그 날이 바로 일요일이라 동생도 학교에 안 가고 또 석이도 제 방이 나는 것이 좋아서 거들어 주고 했으나 세간을 다 옮기기까지 한나절이 훨씬 걸렸다. 일 년에도 몇 번씩 하는 이사질이라 하는 때마다 느끼는 일이지만 없어도 괜찮을 성싶은 물건들은 없애 버리자고 늘 벼르면서도 정작 버리자면 아깝고 혹 쓸직한 데도 있을 것 같아서 모아 두고 두고 한 것이 구지레하게 많은데다가 새로 드는 집이 오래 비었던 탓으로 마당의 잡초와 곳곳에 거미줄과 곰팡이가 끔찍이 많아서 그것들을 대강 치우고 솥을 붙이고 마루와 방바닥의 곰팡이와 때를 벗기고 어느 방이나 도벽은 하나도 못 한 채 나는 건넛방 하나를 내 방으로 정하고 테이블과 의자와 책과 남양에서 친구가 갖다 준 탈바가지[假面] ― 우선 이런 것들만 정돈해 놓고 또 어머니와 동생들도 다 각각 자기가 거처할 방에 자기들의 중요한 물건만 대강 정리했는데도 밤 아홉시가 훨씬 넘었다. 우리는 그때야 안방 밀창 틀 위에 촛불을

켜놓고 한데 모여서 저녁밥을 허기져서 먹을 수 있었다.

"집은 좋다마는 한 달에 십 원씩 어디메서 생기겠니."

어머니는 저녁밥을 잡수시고 나더니 한숨 돌리셨던지 이렇게 걱정을 하셨다. 나는 나중에야 어찌 되든 간에 우선 마음을 펼 수 있고 또 조용한 내 방이 육칠 년 만에 처음 생긴 것이 무척 좋아서 그저 즐거울 뿐이었다.

"이달에는 삼시버니나(삼십 원이나) 훌쩍 집에다가 밀어였으니 월급탈 것도 얼매 없구 무스거 먹고 살겠는지."

"글쎄 걱정 마세요, 내가 다 할 테니…… 문간방에다 학생 둘만 두면 밥값으루 쌀 사구 나무 사구 내 월급은 집세 주구 용돈 쓰구 할 텐데 뭘 그러세요."

그제야 어머니도 적이 안심되는 기색으로 걱정은 되지만 온채라 먹든지 굶든지 남부끄럽잖고 아이가 떠들어도 민망찮고 마루가 넓어서 다듬이도 잘하고 다리미질도 잘하고 고향 손님이 와도 그다지 옹졸하지는 않겠다고 말씀하셨다.

봄은 날마다 잘 익어 갔다. 텃밭에 푸성귀가 푸르고 마을 아이들이 버들피리 불고 우리 집 앞뒤곁 능금나무 살구나무에 흰 꽃이 피고 앵두밭 그늘이 짙어지고 뒷산에 뻐꾹새가 성히 울고 그리고 우리 집 식구들이 똑같이 그 집이 좋아서 비 한 번 드는 일 없던 남동생이 아침마다 마당을 쓸고 어머니는 집이 점점 더 마음에 든다 하시고 아이는 누가 올 적마다 부엌이 있고 방이 셋이라고 자랑하고 학교 다니는 누이동생은 삼 년 만에 처음으로 동무들을 데리고 와 놀고 또 나도 틈만 있으면 능금밭 사이를 걸으며 오래지 않아 필 하얀 능금꽃 냄새를 생각해 보는 것이었다.

그렇게 모두 우리 집 식구가 봄과 함께 그 집을 즐거워하고 신통해 하였다. 그랬는데 그 집에 들어서 스무 날이 넘던 어느 날―내가 병원에 가서 의사의 진단을 받고 엑스 광선으로 된 얼룩진 내 폐(肺)를 보고 돌아오던 날―날마다 즐겁게 넘던 자하문 어귀 '굿당' 앞에서 나는 집을 들던 날 솥 붙인 늙은이가 한 이야기를 생각해 내었고, 또 그 밤에 그 미친 안주인이라고 생각되는 여자에게 내 머리채를 쥐이고 맞아 대는 꿈을 꾸고 나서부터는 나도 그 집을 '흉가'라고 단정해 버리지 않을 수 없었다. 늙은이는 아주 좋지 못한 얼굴을 지으며 솥은 얼른 안 붙이고 오래 이야기만 하는 것이었다.

"벌써 제가 이 부엌에서 솥 붙이기가 두 번째입니다. 처음 이 집 쥔이 혼인하고 이 집에 들 적에도 제가 솥을 붙였습죠. 솥을 잘 붙이고 못 붙이는 데두 집안에 재수가 달린 겁니다. 이 집 쥔도 돈이야 많이 안 벌었나요. 큰 부자 소리를 듣다가 그리 되었습죠."

"그리 되다니요?"

나는 영감에게 묻지 않을 수 없었다.

"그럼 통 모르시고 집을 얻으셨습니까. 하긴 집터가 세더래두 집 다스리기루 간다군 합디다만……이 집 바깥쥔은 사십 미만에 그만 죽었습죠. 또 그 안쥔은 미쳤습죠. 그러다가 나니 이 집을 동네서 죄다 흉가라 이르고 누가 드는 사람 하나 없이 이태 동안이나 비워 두지 않았습니까……마는……."

"그럼 그 안쥔이란 이는 어디 있어요?"

나는 영감의 말을 끊으며 이렇게 물었다.

"안쥔 말씀입쥬? 지금 그 시형 집에서 비지발 없이 얻어먹다시
피 하는 것입쥬. 다섯 살내기 딸년이 하나 있기는 합쥬만 그게 뭘
알겠습니까. 그 많던 세간과 재산은 시형이 다 차지해 가지고 배
통을 두들기쥬. 망할 놈 같으니, 동생간에 그것이 할 짓이람. 금
방 아우가 숨이 지자 아니 글쎄 재산을 다투어 가지고 네가 먹느
니 내가 먹느니 했다니 참 기맥히는 세상입쥬. 그러니 그 꼬락서
니를 보고서야 그 안에서 안 미칠 수가 있겠습니까! 그 자리에
서…… 참 서방님이 발을 뻗친 방에서 너털웃음을 허허 몇 번간
웃더니만 그만 미쳐 버렸다는군요. 가긍한 일입지요. 그래두 시형
네가 그 제수와 조카딸년을 그저 어쩌면 면할까 하고 이맛살을
찌푸리는걸요. 남의 눈들이 아니면 벌써 어디다 처치했을걸입쥬.
봄이면 앵두 살구, 여름이면 능금, 가을이면 감을 따서 철철이 돈
을 흥청흥청 잘두 쓰지만 동네 늙은이 한번 그 흔한 능금 한 알
이렇단 말이나 있겠습니까. 저희 배짱 불리기에 눈알이 뻘겋지요.
그러면서도 구질부레한 세간 등물과 장 간장은 하나도 다치지 않
구…… 값나가는 알맹이 세간들만 쏙 빼다가 팔아먹구 저희가 썸
직한 놈은 죄다 쓰면서두……."

"그러니껀 저 헛간엔 뭐가 모두 들어 있겠군요?"

"암요, 구절부레한 거나 장 간장은 께름칙하니까 못 가져가고
저 헛간 속에다 쓸어 넣고 쇠를 잠가 버렸답니다. 장 간장에선 여
름이면 구더기가 우글우글 바라나고 냄새가 물컥물컥 난다더니

만.”

“그래서…… 어쩐지 좀 이상한 냄새가 난다구 했더니. 참, 그런
데 헛간은 안 내준다구 그러더구만.”

“그런걸입죠. 그 헛간은 내주지 않을 겁니다. 그 안에 쓸어 넣
었던 건 다 어쩌게요. 그래두 헛간을 그으면 우겨서 내달라구 그
러지 왜 그냥 두셨습니까.”

“남들은 이 집 쥔이 어째서 죽었느니 하고 수군거리지만 실상
은 이집 쥔의 병이야 너무 뇌동한 데서 생긴 게죠. 그 넓은 과실
밭에 과실나무를 심구 그놈을 가꾸느라고 밤낮 침식을 잊어버렸
으니까요. 이 집에 들어서 칠 년 만에 죽었는가요. 그 동안 밤낮
으로 밭에만 나서 있었지요. 그러다가 겨우 과실에서 돈을 벌게
되자니까 병이 들어 그만 죽어 버리더군요. 원통한 일입죠.”

“그러기에 그 안쥔이 늘 하는 말인즉 사람을 보면 붙잡고 능금
칠천 석을 어쨌느냐, 돈 오천 냥을 어디다 썼느냐, 왜 내 이불보
를 뜯어서 옷을 해 입느냐고 하면서 너털웃음을 웃는답니다. 그
저께도 글쎄 누가 보랴니까 이 집 대문 밖에서 잠긴 문을 흔들며
내 집에 누가 산단 말이냐 하고 소리소리 지르더라나요. 날세가
좋지 못한 날 어슬적이면 꼭 한 번씩 그 시형 집을 뛰쳐나와 늘
그렇게 대문을 흔들기도 하고 또 이 집 울타리 밖을 휘이 돌기도
하면서 무어라고 중얼거린다는군요. 그러니 동네에서 좋다고 할
리가 있겠습니까. 하지만 댁 같은 이들이야 신식 어른들이라 그
런 걸 다 헤지 않으실 테니가 제가 이 얘기하는 겁니다. 뭐니 뭐
니 해도 솥이나 잘 걸어서 댁에서두 부자 되신다면야 그런 다행

한 일이 또 어디 있겠습니까.”

내가 무어라 묻지도 않는데 늙은이는 혼자 이렇게 긴 이야기를 계속하다가 궁둥이를 하늘로 높이 추켜들고 아궁이를 들여다보는 것이었다. 나도 처음엔 늙은이의 하는 이야기가 어쩐지 꺼림칙하기도 해서 어머니와 동생들이 듣지 않게 늙은이에게 음성을 낮춰 달라고 당부하기도 했으나 늙은이가 솥 붙이는 데 집안의 재수가 달렸다는 말을 두세 번씩이나 하는 데는 그 늙은이의 배짱도 어지간히 들여다보여서 이야기를 딱 막아 버리고 솥이나 얼른 붙여 달라고 했다. 늙은이가 이야기한 대로 그렇다고 하면 그 안주인이란 여자가 얼마나 가엾은가. 남편을 젊어서 잃고 그 아까운 세간과 재산을 모두 남 좋은 일 하고 살고 싶은 집에서 못 살고 그리고 그 시형 집에서나 동네 사람에게 지천데기처럼 굴리우는 그 여자의 운명에 나는 도리어 동정이 갈뿐더러 또 설사 늙은이가 말한 대로 그 집이 틀림없이 ‘흉가’라고 치더라도 나로서는 어떻다고 집을 나무람 할 수 있는 형편이 아닌가. 나는 오히려 그 집이 그런 흉을 가졌다는 것이 한편으로는 반갑게도 생각되었다. 그 까닭은 ‘흉가’라면 셋돈이 웬만큼 밀린다고 하더라도 심하게 굴거나 쫓아내거나 하는 일이 없으리라고 믿는 점에서였다.

그래서 그랬던지 나는 그 집에 들어서 그날 밤 당장 괴상한 꿈을 꾸었는데 그것을 염두에 둔 일이 없었고 또 늙은이의 이야기를 다시 생각해 본 일도 없었다.

하긴 그 집에 들어서 사흘째 되는 날부터 늘 몸에 열이 있고 오한이 아슬아슬 나기 시작한 것이 스무 날이 되도록 줄곧 불편해 오기는 했지만 어머니도 몸살이니 안 날 것이냐고 하시고 또 나도 그 동안 집 까닭에 너무 몸과 마음을 지탱한 끝인가 보다고 만 알고 있었을 뿐이었다.

어떻게 생각하면 내가 폐병이란 진단을 받고 그것이 겁나서 집 을 들던 날 늙은이가 한 이야기를 생각해 낸 것이 아닌가 하는 마음도 없지는 않으나 실상은 내가 폐병이란 의사의 진단을 받던 그 즉시로는 도무지 나는 내 병을 염려한 일이 없고 도리어 우리 집 식구들의 생활만이 걱정되었었는데 정말 그날 밤 내가 긴 머 리채를 감아쥐고 미친 안주인이란 그 여자에게 실컷 얻어맞던 꿈을 꾼 것을 생각하니 완전히 힘을 탁 잃고 말아 버렸다.

꿈에 내 머리채를 휘어잡고 때리던 여자는 확실히 그 안주인이 란 여자였을 것이다.

날보고 왜 내 이불보를 갖다가 치마를 해 입었는냐고, 왜 내 집에 들어 있느냐고 한 것이 솥 붙인 늙은이가 한 이야기와 똑같 이 않고 뭐냐.

나는 그 집 안주인이란 여자를 본 적도 없었지만 아마 그 여자 는 꿈에 본 여자처럼 눈이 넷이고 머리가 크고 다리가 짤막하리 라.

그 네 눈 알맹이를 무섭게 데굴데굴 굴리며 내 긴 머리채를 몇 번 왼손으로 감아쥐고 바른손으로 죽으라고 나를 마구 때리던 것 을 생각하면 몸서리가 친다.

내가 소리소리 치다가 겨우 깨었을 때엔 머리맡에 켰던 촛불도 꺼져 버렸었다. 그리고 방 안은 무척 조용한데 서쪽 창에 달빛만

가득 차고 그 달빛 속에 감나무 그림자가 꺼멓게 서리어 있었다. 나는 높이 뛰노는 가슴을 진정시키면서 방 안을 휘이 둘러보았으나 거기는 무서움을 덜게 해줄 아무것도 없었다. 테이블과 의자와 책과 '탈바가지'만이 서쪽 창에 비친 달빛으로 해서 어슴푸레하게 보여질 뿐이었다. 내 눈은 점점 화등잔같이 동그래서 서쪽 창에 서린 감나무 그림자만 바라보았다. 그것이 바람이 불 적마다 설렁설렁 흔들거리는 것이 몸에서 진땀이 빠짝 돋도록 무서웠다. 똑 나를 때리던 꿈에 본 여자가 그 문밖에서 조화를 부리는 것만 같았다. 나는 달빛이 원망스러웠다. 머리맡에 초 끄트러기라도 있었으면 하고 손으로 어스벙어스벙 만져보기도 했으나 그것도 없었다. 그러면서도 내 눈은 서쪽 창을 떠나지 못했다. 거기서 시선을 뗀다면 그 밖에 서 있을 성싶은 꿈에 본 여자가 문을 번쩍 열고 들어올 것만 같았다. 나는 감나무 그림자만이라도 없었으면 하고 바랐다. 내가 집을 돌아보던 날 그 감나무가 서쪽 창 가까이 바싹 들어서 있는 것이 운치 있다고 얼마나 좋아했던고.

땀이 물 퍼붓듯 하고 머리가 불덩이 같았다. 나는 꼼짝도 못하고 그저 죽을 것만 같았다.

어머니를 불러 보고 싶은 마음도 났지마는 어머니를 깨우기 싫다는 것보다 너무 무서워서 부를 수가 없었다. 전등을 달아 달라고 집을 들어서부터 스무 날째 전화질을 해왔으나 문안서 떨어진 데라 몇 집 더 생겨야 달아 준다는 전기회사가 그에게 어찌 더 미우랴.

'몇 시나 되었을까? 어머니를 불러 볼까?'

어머니를 불러 보려도 안방 건넌방 사이의 문이 모두 두꺼운 분합문이라 잘 들리지 않을 것 같기도 했다.

어쩌면 좋을까 하고 아직도 서쪽 창에서 눈을 떼지 못하고 떨며 땀만 흘리고 있는데 앞마을 닭이 '꼬옥꼬옥' 울었다. 나는 귀에 신경을 집중시켜서 닭의 소리를 다시 한 번 들으려고 애를 썼다. 닭이 우는 것은 새날이 가까웠다는 것이니까. 닭이 울면 귀신도 간다고 하지 않는가. 서쪽 창 밖에 서 있을 성싶은 그 여인도 인제는 가버리리라고 기뻐하고 나는 어머니를 불렀다.

하나 어머니는 아무 대답도 없었다. 또 한 번 더 크게 불러 보았다. 또 대답이 없고 내가 '어머니!'하고 부른 내 소리의 떨리는 여음만이 조용한 밤 속에 흩어질 뿐이었다.

'아직 새벽이 안 됐단 말인가. 닭이 확실히 울었는데. 어머니는 새벽이면 꼭 깨시는 습관이신데. 그러면 닭이 초저녁에 울었을까. 초저녁 닭이 울면 불길한 일이 생긴다고 하지 않던가.'

전에 우리가 시골서 어머니가 젊고 할머니가 계실 때 초저녁에 수탉이 '꼬옥꼬오' 하고 활개를 치며 울면 무슨 큰 변이 생긴다고 할머니가 당장 그 닭의 모가지를 비틀어 죽여서 튀를 해 고아서 먹었다.

닭의 모가지를 비틀어 놓으니까 닭은 주둥아리를 길쭉이 빼내 물고 빨간 피를 철철 흘리며 두 눈통을 쑥 내밀고 버둥거리다가 한 발이나 길쭉이 늘어진 놈을 할머니가 끓는 물에 넣어 털을 뽑으니까 우죽우죽 소리가 났다.

이튿날 아침 밥 먹을 때 닭곰탕에 밥을 말아 먹으면서도 할머니는 닭이 불쌍타는 말 한마디도 없으시기에 나도 그냥 맛있게 잘 먹지 않았는가……

앞마을 닭이 또 한 번 '꼬옥꼬오' 울었다.

나는 소름이 쪽 끼쳐서 그만 이불을 뒤집어쓰고 말았다.

그것도 확실히 초저녁 닭의 울음소리로 들렸던 까닭이었다. 나는 이불을 쓰고도 서쪽 창에 어린 달빛 속의 감나무 그림자가 보이고 앞마을 닭의 소리가 들려서 못 견디었다.

아아 무섭다. 어머니를 부를 힘도 없었다.

'이만하면 고향 손님이 와도 부끄럽잖다'고 하시던 어머니의 말씀과 '엄마, 왜 우리는 밤낮 이사만 해……우리 지금 가는 집은 하늘 끝에 있어?' 하고 정동집에서 떠나던 날 자하문턱을 해가 저물어서 넘을 때 자하문으로 보이는 하늘을 넘어다보며 울듯 겁나는 듯한 얼굴로 아이가 내게 묻던 말도 기억에 있기는 하나 그래도 나는 날이 밝으면 집주인에게 돈을 찾아 가지고 이사를 하리라는 마음을 먹었다.

나는 이불 밑에서 얼마를 신고하다가 조금 잠이 들었던가 보았다. 이불을 벗고 눈을 떴을 때는 서쪽 창에 달빛도 감나무 그림자도 다 어디 가고 창은 벌써 달빛 아닌 빛에 환해져 있었다. 닭의 소리도 안 들렸다. 나는 일어나자 머리를 풀어헤친 채 옷을 가다듬지 않고 늘 하던 대로 창을 열지도 못하고 안방과 사이를 둔 어간 분합문부터 먼저 열었다. 벌써 어머니와 아이와 동생들도 일어나고 그렇게 성문같이 두껍게 단단히 닫히었으리라고 생각되던 안방 분합문도 환희 열려 있었다. 나는 또 미닫이도 열었다.

다음으로 서쪽 창을 힘을 들여 콱 냅다 밀었다. 달빛도 감나무 그림자도 이제 다 없는 그 문이었으나 그래도 나는 꿈 일을 생각하고 문이 굉장한 소리를 내며 벽에 나가 탕 하고 자빠지자 밖을 이리저리 휘이 둘러보았다. 그러나 거기에는 무서울 것이 아무것도 없었다. 그저 나를 늘 즐겁게 하는 산과 능금나무, 살구꽃과 감나무, 앵두밭과 바위가 있을 뿐이었다.

나는 문턱에 턱을 괴고 앉아서 오래 그 산과 나무와 꽃과 바위를 보며 산허리를 싸고돌던 아지랑이가 산봉우리를 넘어갈 때까지 무슨 생각을 했는지 모른다.

나는 다시 누웠다. 앞문으로 파란 하늘이 보였다. 그 하늘이 너무 무섭게 파란 것이 싫어서 나는 앞문을 닫았다. 그리고 다시 누웠더니 이번엔 또 서쪽 창과 안방과 사이를 둔 어간 분합문 열린 것이 쓸데없는 구멍이 쾽하니 뚫린 듯싶어서 다시 일어나 그 양쪽 문도 마저 닫아 버리고 말았다. 그랬더니 방이 몹시 우중충해지며 또 무서워졌다. 꿈과 솥 붙인 늙은이가 하던 말들이 마구 나를 휩싸 돌아들었다.

"집터가 세더래두 집 다스리기루 갑니다."

정말 집터가 세어서 내가 병들고 또 그 무서운 꿈까지 꾸었는가. 저녁쯤은 그 미친 안주인이란 여자가 꼭 그 시형 집을 뛰쳐나오지 않을까.

어쩌면 좋은가…… 집을 옮겨야 할 텐데…… 집을 옮기자면 집주인에게서 돈을 찾는다 해도 이십 원 남짓하겠으니 단칸방두 얻으나마나 하겠구…… 그러니 아프고 무섭고 하다가 여기서 죽고 말아야 하는 건가.

　이런 생각을 하고 있는데 맞은편 벽의 탈바가지가 눈을 부릅뜨고 입을 씰룩거리며 가까워져 왔다. 마치 움직이는 물체와도 같이…….

　'저게 또 웬일인가?'

　나는 눈을 똑바로 뜨고 그 탈바가지를 바라보았다. 하나 보면 볼수록 더 무서운 표정을 짓는 데는 어쩌는 수가 없어서 나는 벌떡 일어나 그것을 떼어 테이블 밑에 집어넣고 그러고도 무서워서 내 방에 못 있고 안방으로 건너갔다. 집을 들던 날 내 방을 정하고 테이블과 의자와 책을 정돈한 후 벽에 그 탈바가지를 걸어 놓고 좋아하던 일을 생각하면서 나는 안방 아랫목에 가서 누웠다.

　아침밥이 지난 후 누이동생은 학교에 가고 남동생도 나가고 아이는 동무를 따라 나가고 어머니는 내가 정말 몸살인 줄 아시고 약을 지어다가 달이시기까지 나는 조용한 그 아랫목에서 병과 약과 꿈과 집과 돈과 우리 집 생활을 생각하고 또 그리고 또 주름살 잡힌 어머니의 얼굴도 바라보았다.

　약이 어느새 끓어서 약탕관에 덮은 종이가 누렇게 부풀어 올랐다. 김이 천장에 잘 오르고 구수한 냄새가 제법 괜찮을 듯싶기도 했으나 그 약은 내 병을 모르시는 어머니가 몸살약으로 지어 온 것이니 무슨 소용이 있으랴. 그래도 나는 어머니에게 내 병명을 차마 말할 수 없었다. 그것은 어머니의 낙망이 너무 크실 것을 잘 알고 있었던 까닭이다.

　웬일인지 눈물이 핑그르르 돌았다. 그래서 나는 어머니가 안 보시게 얼른 벽 쪽으로 돌아누웠다.

뒷산에서 뻐꾹새 우는 소리가 들려 왔다.

뻐구국……뻐구국…….

(『정통한국문학대계』, 어문각, 1994)

2부

김지원의 삶과 문학

01 들어가는 말

한국현대문학을 들쳐보면 흥미로운 이면들이 많다. 아마 김지원도 그 이면 가운데 하나일 것이다. 김지원의 가족은 구성원 모두가 문인이다. 그것도 그냥 시간 속에 모였다 흩어지는 명멸의 문인이 아니라, 한국문학사에 제자리를 꼿꼿이 지키고 있는 문인들이다. 파인 김동환

을 남편으로 삼았던 최정희와 그들의 딸 김지원과 김채원이 바로 그들이다. 언니 김지원은 1997년에, 동생 김채원은 1989년에 이상문학상을 수상했다. 예술가 집안이다.

언니 김지원. 유부남이었던 아버지(김동환)와 사랑에 빠진 어머니를 부모로 두어야 했던, 그리고 동생이 유년의 기억을

소설의 소재로 만든 덕에 정작 자기는 쓸 것이 없다고 푸념 아닌 푸념을 해야 했던, '문학을 하리라 생각지 못했던' 동생이 문학을 시작했고 언니보다도 10여 년 먼저 국내의 굵직한 문학상 수상을 바라봐야 했던, 가족사의 복잡한 심경은 차치하고 조국이 아닌 미국이라는 낯선 곳에서 삶을 유지해야 했던 인간 김지원에 대해 궁금해 하는 것은 당연한 일이 아닐까?

시인 문정희는 언젠가 김지원에 대해 다음과 같이 쓴 바 있다. "그녀는 우수의 여자이지만 기실은 존재 자체로 힘을 가진 아주 굳건하고 아름다운 여자인 것이다. 아니 이 표현이 어울리지는 않지만 그녀는 굳이 강변하지 않아도 그 자체의 무구한 사랑과 겸허함이 너무 깊어서 세상의 그 어떤 시간도 회오리도 그녀를 비켜 가고 만다는 것이다."

존재 자체로 힘을 가진 우수의 여자, 아름다운 여자의 삶이란 어떤 것일까? 그리고 그런 그녀가 쓰는 작품은 어떠한 색깔일까? 문정희는 다시 말한다.

"언제나 책을 읽고 또 남몰래 조금씩 글을 쓰는 여자. 좋은 영화 좋은 연극에 매혹되고 또 수를 놓듯이 사랑하는 사람들에게 정성을 다하는 여자."

여자, 김지원에 대한 이야기이다.

02 김지원의 생애

1) 조숙한 유년 시절

김지원은 1942년 11월 30일 아버지 김동환과 어머니 최정희 사이에서 태어난다. 경기도 덕소에서 아버지, 어머니, 딸 그리고 얼마 후 태어날 동생 채원까지 흔치 않은 문학 가계(家系)가 형성되는 순간이었다. 그녀는 자신의 유년시절이 무척이나 행복했다고 말하고 있다. "어린애임에도 너무 행복해서 어쩔 줄을 몰랐다"고 한다. 어머니, 아버지, 할머니가 너무 좋았고 '우리 집'이 너무 좋았다는 것이다.

> 아버지와 어머니는 우리 자매가 어렸을 때 얘기를 많이 해주었어요. 아침에 깨어서부터 잘 때까지 얘기였지요. 얘기를 듣고 있으면 사람이나 짐승뿐 아니라 돌멩이, 강물 모든 것에서 생명의 아름다움을 느낄 수 있었습니다. 우리들이 닭이나 달팽이나 꽃하고 다를 것이 없었지요. 행복하고 기뻤습니다.
> 어머니는 노래도 많이 불러주었어요. 수수께끼도 많이 하고 노래에 맞추어 유희라는 것도 많이 했어요. 아버지는 어린아이들에게 존댓말을 썼는데, 존댓말 속에 정다움과 유머와 어른, 아이가 한데 녹은 웃음과 장난과 친밀함이 있었습니다. 밤에도 얘기를 들으며 잤어요. 아버지, 어머니의 목소리 속에서 잠으로 빠질 때면 우리 초가집 지붕 위에 천사가 커다란 날개를 펴고 우리를 보호하고 있는 것만 같았지요. 재미있게 얘기를 해 주던 두 분의 목소리와 체취는 지금도 정답고 생생합니다. 40)

김지원이 기억하는 유년시절의 행복함은 그저 철모르는
아이들의 행복함과는 다른 차원이다. 다시 말해 그렇게 단순
한 인물은 아니었던 것이다. “어린애임에도 행복해서 어쩔
줄을 몰랐다”는 행복의 극치는 깨달음에서 나오는 탄성과도
같은 것이다. 아침부터 저녁까지 저 극성스러운 부모의 이야
기에 김지원은 하나둘 자신만의 깨달음을 얻는다. 그것은 이
야기를 통해 세상 만물의 아름다움을 보는 것, “사람이나 짐
승뿐 아니라 돌멩이, 강물 모든 것에서 생명의 아름다움을
느낄 수” 있는 저 범상치 않는 김지원을 볼 수 있다.

김지원의 조숙성은 여기에서 멈추지 않는다. 하찮은 사물
에서 아름다움을 찾아내는 것뿐만 아니라 “우리들은 닭이나
달팽이나 꽃하고 다를 것이 없”단다. 이런 모습은 어린 시절
할머니를 따라 다니던 덕소의 예배당과 동숭동의 동숭교회
에서 “형제는 참, 같은 사람이라고 불러도 좋을 정도로 부모,
조부모, 조국 등 똑같은 것을 가졌다는 사실을 새삼 느꼈다”
라고 술회하고 있는 장면과 닮아 있다. 어린 시절 형제애 안
에 부모와 조부모 게다가 조국을 하나의 범주로 느낀다는 것
은 유년시절을 “그저 행복한 시절이었다”고 말하는 단순한
감각을 넘어서는 것이다.

그럴 수밖에 없는 것이 한창 노는 것이 당연히 좋았을 그

---

40) 김지원, 「수상작가 김지원 인터뷰–시간과 인간과 나의 관계, 그 통합적 미학」, 『문학
　　사상』, 1997. 3, 78~79쪽.

때에 학교에 안 보내겠다는 아버지에게 울고 불며 떼를 써서 여덟 살에 서울 창경초등학교에 입학을 할 정도로 강한 의지를 갖고 있었기 때문이다. 어머니 최정희가 어린 시절 친구를 따라 가출을 하고 그 길로 학교에 갔던 그 유전자가 딸 김지원에게도 그대로 이어지고 있었던 것이다. 김지원에게 전해진 어머니의 강한 기운과 함께 그녀의 조숙함은 범상치 않는 분위기의 산물이기도 하다.

집에는 언제나 책이 있었는데, 어릴 때부터 『학원』지와 학원사에서 나온 어린이 문고는 물론이고, 『여원』, 『여상』, 『아리랑』 같은 어른 잡지도 닥치는 대로 읽었다. 독서로 교양을 넓히겠다고 하는 그런 생각은 전혀 없이 순전히 재미로, 재미있는 것만 읽었다.

잡지에 난 소설을 삽화까지 자세히 보고 아껴 읽으면서, 소설은 '소설 나부랭이'로 공부를 안 하고 읽는 자랑스럽지 못한 것이라고 알았다. TV가 있는 시절이었다면 책을 그렇게 읽었을까 싶다. 아마도 공부는 안 하고 TV만 본다고 걱정을 들었을 것이다.

그래도 사람마다 다르기는 한가 보다. 채원이는 그처럼 책이 많건만 하나도 안 읽고 나가 놀기만 했다. 집에는 우리들이 언니, 오빠라고 부르는 젊은 사람들이 많이 놀러 왔고, 놀다가 자고 가기도 했다. 오빠가 노래를 좋아해서 아코디언 소리. 기타 소리, 노랫소리가 끊이지 않았고, 집에 온 언니들과 《제인에어》의 로체스터 같은 남자가 좋은가, 《바람과 함께 사라지다》의 레트 버틀러가 좋은가, 일본 소설 《만가》의 가쓰라기가 좋은가, 그런 얘기꽃을 피우기도 했다. 그런 얘기는 해도 해도 끝이 없었다.

참혹했던 한국전쟁을 겪고 허물어져 가는 집, 아픈 데가 많은 어른들, 가난, 그런 어두운 삶의 부분으로 인해 오히려 더욱 밝게 떠오르는 추억의 장면들이다.[41]

---

41) 김지원, 「김지원이 말하는 자신의 문학과 삶」, 『1997이상문학상수상작품집』, 문학

해방 직후 "집에는 언제나 책이 있"는 집은 흔치 않은 상황이다. 그 흔치 않은 환경을 김지원은 마음껏 누린다. 동생 채원이 밖에 나가 노는 것을 좋아하는 것과 달리 언니 김지원은 어린이 문고는 물론이고 어른 잡지들도 "닥치는 대로" 읽었단다. 순전히 재미로 읽었다는 저 겸손함 혹은 솔직함이라 하더라도 흔치 않은 환경 속을 그녀는 자유로이 유영하고 다니고 있었던 것이다. 그녀의 독서 수준을 보자. 《재인에어》, 《바람과 함께 사라지다》, 《만가》. 지금도 결코 만만치 않은 작품들이다. 이런 작품을 "삽화까지 자세히 보고 아껴" 읽었단다. 엄청난 독서량과 사물에 대한 깊은 천착 그리고 여기에서 나오는 조숙성은 아마도 아버지 김동환과 어머니 최정희라는 범상치 않은 존재들이 만들어 낸 공간의 산물일 가능성이 높다. 게다가 8살 때 시작된 한국전쟁과 아버지의 납북, 가난과 상실의 고통은 그녀의 조숙성의 깊이를 짐작하게 하기도 한다.

2) 문학과의 인연

문인을 부모로 둔 딸에게 문학은 어떠한 것일까. 두 가지 방향이 있을 것이다. 하나는 부모의 문학 유전자를 천명으로 삼

___

사상사, 1997, 393쪽.

아 자연스럽게 받아들이는 경우와 반대로 그 천명을 거스르려는 행위일 것이다. 김지원에게 문학은 천명이었던 것 같다.

그리고 지금도 자랑하고 싶은 것은 채원과 나는 가족 관계로도 남보다 사랑을 받았지만, 어머니로 인해 좋은 분들, 유명한 분들, 재능 있는 분들을 많이 만났다는 사실이다. 하나도 귀엽지 않은 모습으로 이제는 전설같이 되어 버린 그분들을 아저씨, 아줌마라 부르며 버릇없이 굴던 일이 부끄러워지며 또한 몹시 그립다.[42]

문인을 부모로 둔 까닭에 언제나 책으로 가득 찬 집안에서 닥치는 대로 책을 읽는 순간부터 그녀의 운명은 문학을 천직으로 삼아야 할 것이었는지도 모른다. 그리고 아버지와 어머니가 밤낮으로 들려주는 이야기에서 세상과 사물의 이치를 깨닫는 저 조숙함이야말로 문학을 업으로 하는 자가 갖춰야 할 덕목 아닌가? 그런데 지금은 "전설같이 되어 버린 그 분들을 아저씨, 아줌마라 부르며 버릇없이" 굴 수 있는 호사스러운 환경까지 더해지니 그녀에게 문학은 낯설거나 적대적인 것으로 삼아야 할 아무 이유가 없었다. 그저 익숙하고 재미있고 그리운 그 무엇인 것이다.

곡마단집 아이들은 다 곡마를 한다고, 나는 작가되는 일을 쉽게 생각했었다. 나는 시인 아버지와 소설가 어머니의 자식이었으며, 늘 가까이 대하는 '아저씨', '아줌마'들이 신춘문예 혹은 현상 문예 심사

---

42) 김지원, 「김지원이 말하는 자신의 문학과 삶」, 『1997이상문학상수상작품집』, 문학사상사, 1997, 394쪽.

위원들이라 그렇게 착각했던 것이다. 게다가 채원과 내가 대학에 다닐 무렵에는 우리 집에 놀러 오는 젊은 문인들도 많았다. 예를 들어 오정희, 김청조, 김승옥, 김문수, 서영은, 김영태, 이제하, 송상옥, 이재연, 조문진 등(그 누구 이름을 하나라도 빼놓았는가 염려스러운데……). 그들 모두는 김현, 김치수, 염무웅 같은 젊은 동료 평론가들과 활동하는 신예 작가들이었는데, 나만이 작가가 아니었다. 채원도 물론 작가가 아니었으나 여기서 채원을 거론할 여지가 없는 것이, 그때 채원은 작가가 될 것 같지도 않았고, 되고 싶어 하지도 않았다. 미술 숙제도 힘들어하는 미술 전공 학생이었다. 그 시절 나는 신춘문예에 가명으로 응모를 했는데 다 떨어졌다. 네가 추풍낙엽처럼 떨어지는구나. 어머니는 그렇게 실망어린 한마디를 던졌다.[43)]

그런데 그 익숙한 세계가 갑자기 낯설게 느껴지는 때가 온다. 비록 가명이지만 신춘문예에 응모한 것이 모두 낙방하였던 것이다. 주변의 사람들이 모두 문학을 업으로 하는 자들이었고, 그래서 문학이라는 것이 너무도 친근하고 익숙한 것이었는데, 그래서 자신도 문학의 세계에 정식으로 입장으로 하려 했는데, 결과는 너무도 예외였다. 그녀 말대로 "다 떨어졌"던 것이다 어머니의 말대로 "추풍낙엽처럼" 떨어진 것이다.

하지만 여기서 멈추지는 않는다. 1973년 미국으로 가기 전에 〈사랑의 기쁨〉으로 『현대문학』에 황순원의 1회 추천과 미국에 와서 〈어떤 시작〉으로 추천을 마치고 정식 문인이 된 것이다. 김지원의 나이 서른두 살 때였다. 그 무렵 일본에 공

---

43) 김지원, 「김지원이 말하는 자신의 문학과 삶」, 『1997이상문학상수상작품집』, 문학사상사, 1997, 394쪽.

부하러 갔던 동생 김채원이 뉴욕 맨해튼 지하철 안에서 글을 쓰겠다며 작가의 길을 선언했고 그때부터 동생과 같은 길을 가게 된다.

> 나는 나이가 들어가면서 작가라는 사람들이 더욱 좋아진다. 글을 몇 십 년씩 쓴 사람은 절대 나쁠 수가 없다고 생각한다. 너는 이러니 좋은 사람, 너는 이러니 나쁜 사람, 너는 이러니 미친 사람, 인간에게 딱지를 붙여 분류해 감옥에다가 딱딱 집어넣는 지식이 있다면, 그 감옥에 갇힌 인간을 풀어 주는 일을 하는 것이 문학이라고 나는 믿고 싶다. 돌이켜보면 '소설 나부랭이'라고 생각되지만, 그래도 재미있었기 때문에 읽기 시작했고 마침내 작가의 길로 들어서 꾸준히 좋은 작품을 쓰려고 애썼던 나의 삶. 이제는 소설만 가지고도 인간을 교육시킬 수 있는 길이 있다고 생각하게 되었다.[44]

어느 인터뷰에서 김지원을 평화주의자라고 말한 바 있다. 공격을 무기로 삼는 작가적 신랄함이 그녀에게는 없다는 것이다. 그 인터뷰의 내용처럼 김지원의 문학에는 나쁜 사람과 좋은 사람 등 "인간에게 딱지를 붙여 분류해 감옥에다가 딱딱 집어넣는" 모습이 없다. 대신 "갇힌 인간을 풀어주는" 그래서 "화해와 조화로 큰 세계의 인간주의"를 완성해 가고 결국에는 사는 것이 사랑을 완성하는 것임을 강조하고 있다. 실제 그녀가 가장 좋아하는 성현명철의 글 귀 중의 하나가 "보이는 것이나 안 보이는 것들이 처음 한낱에서 비롯되어

---

44) 김지원, 「김지원이 말하는 자신의 문학과 삶」, 『1997이상문학상수상작품집』, 문학사상사, 1997, 395쪽.

큰 하나가 열리는 것이니"라는 『천부경』의 말이다. 그녀의
마음은 그렇게 넓다. 그녀가 말하듯, "감당도 못 하게 마구
넓어지며, 하늘과 땅에서 우주와 지구로 뻗어 가고 확장"되
어 그녀의 상념은 "세계는 천맥과 지맥과 인맥이 창세기인
듯 함께" 서로 어우러지고 있는 것이다.

3) 김지원의 표정들

작가 김지원이 아닌 인간 김지원의 모습은 어떨까? 그녀의
맨얼굴은 어떻게 생겼을까? 그녀의 지인 시인 문정희와 소설
가 서영은의 재미있는 외양 묘사가 있다.

> ① 길게 늘어뜨린 퍼머넨트의 머리, 얼굴을 거의 가리다시피한 머
> 리칼 속에 빨갛게 칠한 그녀의 입술이 머리카락을 제치고 잠깐 우리
> 들 앞에 비쳐질 때 우리들은 김지원이 갖는 감성과 눈물이 얼마나 뜨
> 거운 것인가 알고 흠칫 놀란다.[45]

> ② 외모로 보면 김지원은 이집트나 아라비아 왕궁의 하렘에서 본
> 듯한 인상이다. 왕에게 지목을 받아서 화장을 했는데, 썩 요염하지는
> 않고, 좀 요염한 듯만 하다고 할까. 얼굴을 반쯤 가린 긴 퍼머 머리
> 와 짙은 빛깔의 입술 연지, 그것이 요염의 정체라기엔 …… 그 좀이
> 란 것이 은근히 육감적이다.
> 김지원의 옷에서는 옷을 만든 사람이 본래 의도한 선이 모두 흐트
> 러져 버리고, 선도 아무것도 아닌 이상한 엉성함으로 변형되어 있다.

---

45) 문정희, 「표류하는 섬에서 만난 우수의 여자」, 『문학사상』, 1997. 3, 69쪽.

뒤꿈치가 트인 샌들식 높은 구두에, 속치마인지 겉치마인지 모를 풍
성한 흰 치마, 깃을 안으로 말아서 감추어 버리고 브이넥만 덩그러니
살린 투피스 윗도리, 도무지 그렇게 입도록 만든 그 사람의 취향이 잡히
지 않는 옷차림이다. 만약, 세계 유명 디자이너가 만든 옷을 그녀에게
입으라고 강요한다면, 그녀는 우선 라벨부터 떼어 내고, 멋스럽게 들어
올린 어깨는 주저앉히고, 반짝이는 단추나 벨트를 모두 없애 버린 뒤에
나 그것도 아주 어색해하며 간신히 입을 것 같다. 46)

사진에서도 확인할 수 있듯이, 김지원의 외양은 일반인과
는 사뭇 다르다. 예술을 하는 사람들 가운데는 종종 유니크
한 외양을 지닌 자들이 있다. 일반인들은 그렇게 생각할지
모르겠다. 예술가임을 너무 표나게 드러내는 거 아니냐고. 그
런 측에서 본다면 김지원도 예외는 아닐 것이다. 범상치 않
는 분위기와 모습이 충분히 그런 상상을 가능케 할 것이기
때문이다. 그러나 그녀의 외모에 모든 정답이 새겨져 있다고
생각한다면 그것이야말로 오산이다. 김지원의 외모는 예술가
임을 드러내기 위한 장치가 아니다. 그것은 그녀만이 가지고
있는 심미안이기 때문이다.

얼굴 대부분을 가리고 있는 긴 파마머리 사이로 비치는 빨
간 립스틱은 말 그대로 "은근히 육감적"이다. 하지만 육감적
이라 말하는 그 표상의 이면에는 그녀의 예민한 감수성과 이
를 통해 발견해내는 심미안이 가득 자리하고 있다. 그녀의

---

46) 서영은, 「투명하고 아름답고 유현하고 신비로운 스토리텔러」, 『1997이상문학상수
상집』, 1997, 412쪽.

옷차림을 보자. 기성의 형식에 만족하지 않는 그녀의 모습이 그대로 나타나고 있다. 말 그대로 "옷을 만든 사람이 본래 의도한 선을 모두 흐트러" 놓고 있는 것이다. 세계 유명 디자이너가 만든 옷을 그녀에게 입으라고 강요한다면, 그녀는 우선 라벨부터 떼어 내고, 멋스럽게 들어 올린 어깨는 주저앉히고, 반짝이는 단추나 벨트를 모두 없애 버린 뒤에나 그것도 아주 어색해하며 간신히 입을 것 같다는 대목에서는 그녀의 자유스러움과 자신만의 탁월한 감수성과 심미안이 그대로 나타나고 있는 것이다.

시인 문정희는 김지원의 감수성에 대해 재미있는 기억을 가지고 있다. 미국에 있는 김지원의 집을 방문하였다. 그녀의 외모답게 김지원의 아파트에는 "오밀조밀한 것들이 아주 섬세하게 박혀" 있었다. 저기 빈 구석이겠지 하고 살펴보면 작은 인형이 매달려 있었고, 예쁜 문고본 책이 서로서로 키를 맞추고 셋씩 넷씩 꽂혀 있었다. 음식을 내올 때도 소꿉장난하는 애처럼 하나하나 예쁘게 담아 가지고 왔다. 문정희가 목욕탕에서 본, 긴 팔로 욕조를 끌어안고 있는 원숭이 비누곽까지 작고 사소한 것에서 자신만의 아름다움을 만들어 가고 있다. 문정희가 탐낸 원숭이 비누곽은 결국 문정희의 가방 속으로 들어갔다. 김지원이 귀국 짐 속에 넣어 준 것이다. 이에 대해 문정희는 "조용하고 물기 어린 목소리의 김지원의 눈엔 어떻게 이런 재미있는 원숭이가 잘도 보일까? 열쇠고리에 달린 계란프라이는 뭐며 그녀 블라우스에 꽂힌 손톱이 길고 눈이 째진 노랑머리 서양미인은 왜 우리 눈엔 잘 띄지 않고 그녀의 눈에만 띄는 것일까"라고 질투 아닌 질투를 하고 있는 것이다.

김지원은 탁월한 감수성을 지닌 작가이기도 했지만, 한편으론 매우 여리고 욕심을 모르는 사람이었다. 동생 김채원이 기억하는 언니 김지원의 모습이다.

> 아주 어렸을 때, 나 혼자 집을 보고 있는데 언니가 어둠 속에서 내 이름을 부르며 들어왔다. 그런데 무릎에서 피가 펌프질하듯 퐁퐁 솟아나고 온 몸에서는 땀이 물에 젖은 사람처럼 흐르고 있었다. 언니는 저녁 예배를 보러 가시는 할머니를 따라 갔다가, 할머니가, 동생이 혼자 무서워 울 거라고 빨리 집에 가보라고 하여 뛰어오다 동네 우물께에서 넘어진 것이다. 우물가에는 돌들이 많이 깔려 있는데 언니는 거기에 무릎을 찢기웠다. 나중에 할머니가 예배당에서 돌아오셔서 흉터가 크게 남겠다고 걱정을 하며 된장을 이겨서 발라주셨다.
> 나는 언니가 언덕을 달려오다가 어두운 우물가에서 혼자 넘어지던 모습, 너무 아파서 울다가 내가 기다린다는 생각에 다시 달려서 내 이름을 부르며 대문을 들어서던 모습이 눈에 선하다.

김지원은 가족에 대한 사랑이 유별나다. 사실 좀 복잡한 가계구조임에도 그녀의 가족사랑은 넘쳐난다. 김지원은 다른 사람들과 달리 아버지와 어머니가 각각 세 분이다. 아버지 김동환과 큰어머니 신원혜, 김유영과 최정희 그리고 그녀와 동생에게 호적을 준 김유영의 동생인 김영식과 그의 아내가 바로 그들이다. 이런 복잡한 가계구조는 갈등이 발생할 수 있는 가능성이 많음에도 김지원은 그 모든 가족들을 진심으로 사랑했다. 김지원의 말대로 "그분들을 생각하면 가장 선하고, 가장 아름답고, 가장 지극스런 마음이 우러"나기 때문이다.

그녀의 여리고도 무욕의 마음은 서영은의 기억에서 만날 수 있다. 김지원은 창밖의 나무들이 휘청거리기만 해도 '바람 불어, 바람 불어' 하면서 울음을 터트리던 여린 아이었고, 바람이 불어 떨어진 모자를 남이 주워가도 '그거 내 모잔데 주세요'라는 말하지 못해 남이 가져가는 것을 지켜보고만 있어야 했다. 그런가 하면 『음악동아』에 음악인 인터뷰 연재를 하고 있었을 때, 20만 원이던 원고료가 어느 날 착오로 인해 2만 원만 부쳐저 왔다. 당연히 그곳에 전화를 걸어 말하면 될 것을 그녀는 그 말을 하기가 미안하고 벅차서 손해를 감수하는 쪽을 선택하기도 했다. 남편이 결혼 기념으로 준 반지, 그가 월남전을 취재하러 가서 사온 반지나 브로치 같은 고가의 선물들도 예외는 아니었다. 그녀는 그것들을 간직하기가 힘겨워서 어머니나 동생에게 갖다 주기도 했다.

1995년 전 그녀는 아주 눌러앉을 생각으로 한국에 돌아왔다. 그녀의 거처는 어머니가 사셨던 정릉 산장 아파트 가동 904호. 생전에 어머니가 꾸며 놓으셨던 집 그대로 보존해 두고, 그녀는 떠나기 전까지 그곳에서 자기 물건 하나 없이, 글 쓰는 노트 한 권만 옆에 둔 채, 소리 없이 있다가 소리 없이 훌쩍 뉴욕으로 돌아갔다.

김채원이 말했다. "언니가, 라디오 두 대를 켜 놓고 들으니 음악이 스테레오로 들린다고 좋아해서, 그저 그런가 보다 했지. 떠난 뒤에 보니까, 그 라디오는 엄마가 들던 고물이었어. 망가질 대로 망가져서 잡음이 심했어. 라디오 하나 변변한 것 없이 지냈던 거야."47) 그녀는 그렇게 여리고 무욕의 삶을 지속하고 있었던 것이다.

 ## 작품세계─〈사랑의 예감〉을 중심으로

김지원은 현재 진행형의 작가이다. 여전히 왕성한 작품 활동을 하고 있다는 점에서 더욱 그렇다. 진행형이라는 점에서 김지원의 작품 세계는 어느 하나의 부류로 규정될 수 없다. 여전히 살아 움직이는 그녀의 작품세계는 또 어떠한 변신을 준비하고 있는지 알 수 없기 때문이다. 그래도 누구에게나 그렇듯이 빛나는 순간이 있기 마련인 것처럼 많은 사람들이 김지원을 떠올릴 때 함께 떠오르는 작품이 있으니 바로 1997 년 이상문학상 수상작인 〈사랑의 예감〉이 그것이다. 이미

---

47) 서영은, 「투명하고 아름답고 유현하고 신비로운 스토리텔러」, 『1997이상문학상수상집』, 1997, 412쪽.

1973년 『현대문학』에 〈사랑의 기쁨〉으로 등단했으므로 20년이 지난 후에 받은 이 상은 결코 사치스럽지 않다. 오히려 원숙하고도 "무르익은 솜씨"[48]를 내보인 그녀의 대표작이며, 작가 김지원을 가장 잘 보여주는 작품이다. 수상 소식을 전해 듣고 "이제 어떻게 하나, 이등이면 딱 좋았을 걸"이라고 했던 김지원. 이러한 그녀의 작품을 심상위원들은 무엇이라고 평했을까?

21회 이상문학상 대상수상작 선정은 매우 힘들었던 것으로 보인다. 심사위원들의 심사평에서 그러한 분위기는 쉽게 느껴지기 때문이다. 마지막 경합을 벌인 작품들을 놓고 이어령은 자신의 최종 의사를 유보하고 결정을 하루 더 미루어 달라고 제의했고, 다른 심사위원들도 모두 찬성하여 다음 날 수상작이 결정되었다. 이러한 상황을 보더라도 수상작 선정은 그 어느 때보다도 치열했던 것으로 보인다. 요란을 거친 후 나온 심사평을 보면, '우리 작품에 흔치 않은 자유간접화법의 서술방법 등 실험적인 시도', '무르익은 솜씨를 내보인 아름다운 묘사', '육체, 정신, 관념의 풍만함', '독자를 빨아들이는 안정된 문체와 안목', '운명의 도정을 포착하는 기법' 등 대상작으로서의 손색이 없음을 지적하고 있다.

---

48) 박완서, 「심사평-무르익은 솜씨를 내보인 아름다운 묘사」, 『문학사상』, 1997. 3, 47쪽.

1) 여성의 '수다'와 공존의 힘

독자들은 〈사랑의 예감〉을 접하면서 두 번 놀라게 될 것이다. 먼저 제1장을 지배하고 있는 거대한 '수다'에 한 번 놀랄 것이고, 갑자기 나타난 2장의 낯선 형식과 내용에 또 한 번 놀랄 것이다. 심사위원들도 작품의 구조에 대해 다소 어리둥절하고 있었기에 독자들의 당황스러움은 지극히 자연스러운 것이다.

실제 〈사랑의 예감〉의 구성 중 제1장은 수다로 채워져 있다. 어느 날 뉴욕에 살고 있는 장미에게 밴쿠버에 살고 있는 손위 시누이가 전화를 한다. 친구 아들이 색시하고 한국에서 신혼 여행을 와서 지내다가 뉴욕으로 간다고 하기에 장미네 연락처를 줬다는 것이다. 장미는 상의도 없이 자신의 연락처를 알려준 시누이가 원망스러웠지만, 신부가 20년 만에 만난 소꿉동무 '신옥'이라는 사실에 놀라워한다. 신옥과 장미는 초등학교 1, 2학년을 같이 다녔고 장미네가 먼저 이사 갈 때까지 신옥의 집과 장미의 집 사이에는 담도 없을 정도로 친했던 사이였다. 1장은 신옥과 장미, 장미와 시누이 그리고 남편들의 쉴 새 없는 수다로 가득 차 있다. 정말이지 그들의 수다는 전혀 끊김도 없으며, 막힘도 없다. 20년 만에 만났음에도 어떤 주제든지 그들의 대화 속에 녹아버리고 만다. 남편, 지인들, 기후, 공산품 판매장에서 산 시계, 옷, 기계, 분단, 생선

회, 올림픽, 마라톤, 뉴스, 인간 수정체 등 그녀들의 수다는
계속 이어진다.

① "낙수 형은…… 혹시 윤낙수 씨니?"
신옥은 벽 너머를 넘겨다보는 듯이 걸으며 장미에게 물었다.
"오, 너 아는구나. 어떻게 아니?"
"그이가 우리 여학교 때 미술 선생님이었다. 지금도 잘 생겼니?"
"오, 너 그런 걸 잘생겼다고 그러는구나."
"그렇잖지? 나 고등학교 1학년 땐데 그 선생님이 국전에서 국무총
리상을 타고서 우리 학교에 미술 교사로 왔었어. 애들이 참 좋아했다.
장가갔어도 상관 없드라구. 난 아니지만 선생님 좋아하고 그러는 애들
타입이 있잖니? 그런 애들이 난리를 쳤었다. 그런데 이상하다. 그 선
생님은 우리 학교에 1년쯤 있다가 스페인으로 유학을 떠났었는데……
모르는 말을 쓰는 나라로 가고 싶어서 떠난다고 그랬었는데……."
"스페인에서 불란서로 갔다가 미국 온 거 있지. 낙수 형이 처음
와서는 고생을 직사게 했대. 공사판에도 다니고 그랬었나 봐. 형편이
폈지. 스페인에서두 살구 불란서에서두 살았는데 어쩌면 그러니? 스
페인어랑 불어는 하나도 모르는 거 있지. 서울 강남에 가면 낙수 형
그림이 없는 집이 없다던데 정말이니?"
"몰라. 우리 집은 경기도 성남시에 있으니깐. 작년에 집을 지었다.
방은 많으니까 한국에 오면 우리 집에 와서 지내라. 그런데……저, 그
럼 우섭 씨라는 사람은 하우섭 씨니?"
"오, 너 아는구나.[49]

② "동생네를 이번 여름에는 만나 볼까 했는데 틀렸네. 서환이가
가서 연락을 취했다니 내가 기쁘구만. 걔 엄마를 지난 봄에 로스앤젤
레스에서 만났는데 이것이 며느리 칭찬을 어떻게나 하던지. 우리 동
창회가 로스앤젤레스에서 열렸거든. 스물여덟이 왔어. 한국에서 열다
섯이 오고 뉴욕에 사는 애들은 아홉 명이 왔두만."
"오, 언니는 북미 지역 동창회장이니까 대활약을……."

---

49) 김지원, 〈사랑의 예감〉, 『1997이상문학상수상집』, 문학사상사, 1997, 26~27쪽.

　　"뭐 이것들이 준비를 어떻게나 잘해 가지구 와서 시끄럽게 잘들 노는지. 노래도 악보가 있는 노래. 어떤 건 글만 있는 노래. 그걸 복사해 가지구 와서 버스에서랑 부르구 그랬어. 또 1번 도로를 봐야겠다. 그랜드캐니언은 말고 브라이언캐니언을 봐야겠다. 그런 것들도 계획해 가지구 오서 우린 걔들이 하자는 대로 했지. 애들이 전에 적어도 한 번식은 자식들 보러, 아니면 남편 출장 때 따라와서 캘리포니아는 대개 다들 봤드만. 이틀에 한 번은 한식을 먹어야겠다구 해서 이틀에 한 번은 한식을 멕였구. 우리는 이것들이 올 때 공항에 나가서 써들고 서 있으니까 모두 그리루들 왔지. 애들이 지나니까 옛날하고 똑같애지두만. 하나 다행한 것은 하나도 사고가 없었다는 거야."

　　"사고요?"

　　"혈압 높은 애, 심장 나쁜 애, 다 있었는데 별일들 없이 지났지. 쇼핑들을 그렇게 하데. 손자 손녀 준다고. 그러다가 애, 남편 것두 하나 넣자 하구 남편 걸 사드라. 여기 사는 애들보다 한국에 사는 애들이 나이가 더 들어 보였어. 관록이 붙구. 이것들이 재미가 나서 해마다 동창회를 하재. 해마다는 어렵구 2년에 한 번씩 하기루 하고 헤어졌는데 다음 번엔 오스트레일리아에서 모이기루 했어. 한국에서 하자니까 애들이 한국은 싫대."[50]

　　①은 신옥과 장미의 ②는 장미와 시누이 간의 대화이다. 이들의 수다가 갖는 공통점은 매우 평화롭다는 것이다. 그 누구도 상대방의 이야기에 제동을 걸지 않는다. 끝까지 상대방이 이야기할 수 있도록 배려하고 있다. 중간 중간에는 추임새도 넣어가면서 이야기에 흥이 난다. 흥이 넘치다 지나치면 상대방에 대해 질문을 한다. "친구의 갑자기 멀어진 감정을 느낄 수 있었으므로 신옥은 애써 화젯거리를 찾아 장미에게 말을 붙"이는 식이다. 자연스럽게 대화의 주동자가 바뀌

---

50) 〈사랑의 예감〉, 34~35쪽.

는 것이다. 그러면 이야기를 건너 받은 쪽에서 한껏 이야기를 풀어놓는다. 그들의 대화는 평화롭다.

또 하나 평화로움은 그 대화의 주제이다. 일상적인 사건들이 대화의 장으로 들어오고 매우 파편적이고 우발적인 내용들의 연결이지만 결코 폭력적이지도 상대방의 마음을 아프게 하지도 않는다. 그들의 대화는 논평이 아니라 설명이었다. 이야기의 주제와 거리를 유지하고 있었다. 논평이 들어가지 않는 대화에는 논쟁의 여지가 없다. 그냥 그렇다는 것이다. 상대방에 대해 이야기 할 때도 인정할 수 있는 범주 내에서만 주관적 입장을 밝힌다. 그래서 다소 민감한 주제들도 어렵지 않게 넘어간다.

① "그냥 이북은 통일이 되기 전엔 못 가는 덴 줄만 알았거든."
"캐나다엔가 무슨 기관에서 이북 방문 신청을 받는데. 거기다가 이북에 있는 누구를 만나고 싶다 그런 거 신청을 하면 편지가 온대. 몇 번 그러다가 연락이 온댄다. 그런데 보니까 이북까지 가고 오는 데만도 날짜가 꽤 걸리더라. 여기서 일단 북경까지 가고 북경서는 여권을 반납해야 된대. 겁이 덜컥 난대. 신분증이 다 없어지는 거니깐."
"어마아 그렇겠다."
"미국 정부에서는 미국 시민권자한테 북경까지는 가는 줄만 알고 비자를 내준 거래. 북경서부터 이북까지는 아무것도 없이 가는 거래. 갔다가 이북서 못 나오게 하면 어떻게 하나 싶어진대. 갈 땐 어기서부터 시간을 아주 잘 맞춰 떠나야 한댄다. 북경서 이북 하는 비행기는 1주일에 두 번뿐이래서 잘못하면 며칠을 북경에서 허송세월 해야 한댄다."
"아유, 호텔방처럼 아무것도 할 수 없이 답답한 데가 없는데."
"평양에 도착하면 먼저 한 사흘쯤은 평양호텔에 있으면서 김일성

묘도 보러 가고 선전 영화도 보고 그런대. 그러다가 시골에 있는 친척이 호텔로 와서 만난대. 만나 가지고 친척을 따라서 시골로 가서는 사흘쯤 지내고 온대."

"그렇구나."

신옥은 말하며 리모콘을 들어 시끄러운 TV를 껐다.

"우리 아는 사람은 떠나면서 안내를 맡은 사람한테 친척들에게 뭐 하나 사주고 싶은데 뭐가 좋겠냐고 물어 봤대. 천연색 TV를 사주라고 하더랜다. 그 집에는 TV 꽂을 데도 없는데 그러더래. 사주고 오면 기관원이 와서 TV를 쌀 몇 말 주고 바꿔 간댄다. 그 사람은 오다가 LA에서 몇 번 이북에 다녀왔다는 남자를 만났는데 그 남자는 한 번 갔다 오면 자꾸 가고 싶어진다고 그러더래. 못사는 걸 보고 오니 자꾸 뭐를 갖다 주고 싶어진다고 그러더래. 여기 교회 같은 데서도 이북을 돕는 모금 운동을 많이 하는가 봐."51)

김지원은 이 작품을 처음 쓰던 시기가 1996년 7월이라고 밝힌 바 있다. 한국은 김영삼 정부의 끝물이었고, 곧 닥쳐올 IMF를 예고하는 극심한 경제난의 징후가 보이던 때였다. 북한과의 관계는 최악이었고, 후에 들린 얘기지만 미국의 클린턴 대통령은 북한을 향한 선제공격 시나리오까지 내놨던 시기였다. 한국에 있어서 남북관계는 언제나 예민한 문제였고, 일종의 도화선 같은 것이었다. 그래서 누구든 남북관계 혹은 북한 문제를 말할 때는 자기검열을 할 수밖에 없었다. 중의적인 단어는 불필요한 오해를 불러일으킬 수 있고 심지어는 빨갱이로 몰릴 수 있기 때문에 공적인 위치의 사람들은 더더욱 조심해야 했다. 단어는 명확한 것만 선택되었고 그러한

---

51) 〈사랑의 예감〉, 40~41쪽.

것들만이 오해의 장애물을 피해갈 수 있었다.

〈사랑의 예감〉에는 북한 문제가 적지 않은 비중을 차지하고 있다. 물론 그렇다고 작가가 어떤 의식을 갖고 쓴 것으로 보이지는 않는다. 문제는 이처럼 예민한 문제들을 작가는 인물 간의 대화 속에, 좀 더 정확히 말하자면 '수다' 속에 녹이고 있다. 장미의 입을 통해 알려지는 재미동포들의 북한 잠입 과정은 스릴 넘칠 정도로 상세하게 설명하고 있다. 실제로 북한에 잠입한 자들의 눈을 통해 전달되는 북한의 현지 모습도 새롭다. 북한에 다녀온 사람에 의하면, 북한의 친지들에게 무엇을 사주고 싶은데, 물어보면 컬러 TV를 사달라곤 한다. 왜냐하면 북한의 기관원들이 그것을 좋아하고 또 약간의 식량으로 바꿀 수 있기 때문이다. 올림픽 마라톤 경기에서 이봉주가 나오자 시누이의 남편이자 고향이 이북인 '닥터 유'가 외친다. "잘한다, 이봉주. 이북 끌고 1, 2등으로 함께 들어오너라."

작가 김지원이 이러한 이야기들을 쉽게도 풀어 갈 수 있는 것은 두 가지 이유 때문이다. 우선은 그녀의 공간적 위치가 미국이라는 점이다. 그녀는 재미 작가이다. 남한에 거주하고 있는 작가들에 비해 발언의, 표현의 폭이 훨씬 넓다. 그녀의 삶의 환경이 주는 사고의 여유로움이다. 그러나 무엇보다도 이러한 문제들을 쉽게, 혹은 자유롭게 쓸 수 있었던 것은 바로 '수다'의 영역 속에 있기 때문이다. 주지한바 이곳의 인물들은 뿜어내는 대화의 양은 참으로 대단하다. 그토록 많은 언어들이 교환되고 있음에도 전혀 갈등이 발생하지 않는 것은 '수다의 원칙', 즉 타인의 말을 막지 않는다는 원칙이 지켜지고 있기 때문이다.

이 예민한 이야기들이 수다의 영역으로 들어오면 '이념'의 문제가 아니라 지나가는 '대화' 혹은 '수다'의 차원으로 변한다. '이념'의 차원이 되면 거기에는 반드시 '논쟁'이 자리하게 마련이다. 옳고 그르고의 시비가 가려져야 하고, 그것이 불가능해질 때는 감정적 반목과 비난, 저주가 일어난다. 남한의 경우는 더욱 극렬할 수밖에 없다. 이렇게 되면 모든 관계는 파국을 맞을 수밖에 없다. 대화는 종결되고, 거친 함성과 숨소리와 함께 작품은 더 이상 진전되기 어렵거나 새로운 방향으로 급선회 할 것이다. 지금 우리가 읽고 있는 〈사랑의 예감〉과는 전혀 다른 종류의 이야기가 되어 있을 것이다.

수다는 다르다. 수다에는 이념이 자리할 시간이 없다. 말 그대로 수다일 뿐이다. 그리고 수다의 방식을 보라. 자신의 이야기가 아니다. 들은 이야기이다. 들은 이야기를 전할 뿐이다. 장미가 말하고 있는 북한의 문제는 모두 시누이와 그녀의 남편이 겪었거나 들었던 이야기를 신옥에게 수다의 형식으로 전달하고 있을 뿐이다. 장미가 말하는 패턴을 보자. 종결어미가 한결같이 다른 이의 말을 전달할 때 쓰는 것이다. '그런 거 신청하면 편지가 와'가 아니라 "편지가 온대."이다. "이북 가는 비

행기는 1주일에 두 번뿐이래서 잘못하면 며칠을 북경에서 허
송세월 해야 한댄다."이다. 자신의 주장이 아닌 것이다. 그러니
여기에는 논쟁이 끼어들 수가 없다. 듣는 신옥의 입장에서도 –
설령 다른 입장을 가지고 있다 하더라도 – 남의 이야기인데 장
미와 논쟁을 벌일 수는 없기 때문이다.

　이처럼 평화적인 수다가 가능하게 되는 데는 또 다른 주역
이 있다. 바로 수다에 참여하는 신옥의 태도이다. 그녀의 대
화 패턴을 보자. 이 예민한 이야기들을 받아 넘기는 그녀의
대답에는 논쟁의 요소들이 모두 제거되고 단순한 사실만이
존재할 뿐이다. 북한행 비행기가 없어 며칠씩 북경에서 허송
세월해야 한다는 장미의 말에 신옥은 "아유, 호텔방처럼 아
무 것도 할 수 없는 답답한 데가 없는데."라는 말로 대화에
참여한다. 신옥의 언어 속에는 예민한 요소들이 하나도 없다.
분단으로 인한 이 심각한 장면에서 신옥이 걱정하는 것은 호
텔방에 갇혀 있어야 하는 불편함뿐이다. 그녀의 현실인식을
탓할 수 없다. 그녀들은 이념을 논한 것이 아니라 단지 '수
다'를 나누고 있었기 때문이다. 그리고 신옥의 이러한 대화
방식이 그녀들의 '수다'를 멈추지 않고 계속 유지할 수 있게
해주고 있기 때문이다.

　　"여기 TV 중계에서는 한국 사람을 통 비춰 줘야 말이죠. 생전 한
국 사람이 나와야지. 저희들 하는 것만 나와. 인종이 무언지. 그래도

중국이 이기면 좋던데요. 아직도 일본이 이기는 건 제일 싫구. 세계가 사랑으로 뭉쳐야 한다는 걸 머리로는 알겠는데 그거 잘 안 된단 말이야. 아, 여기 바꾸랍니다. 바꾸라면 바꿔야죠. 잠깐만……" 하고는 다시 김기자 아주머니의 시원스런 목소리가 되었다.

"신옥 씨, 아저씨는 생선회를 못 잡숴요. 왜냐? 일본 것이기 때문에! 어떤 환자가 퇴원을 하면서 은혜를 갚는다고 집에 초대를 했더래. 갔더니 일본에서 오래 살았다니 생선회를 좋아하리라 생각하고 서양 사람인데도 생선회를 한 접시 잘해 놨더래요. 이거 큰일 났구나, 예의상 어떻게든지 먹긴 먹어야겠다 하다가 에라 사람 먹는 건데 못 먹을 거 뭐 있겠나 하구는 입에 한 점 집어넣고 그냥 목구멍으로 넘기셨대. 몇 점을 성공하셨대."52)

미국에서 인종문제 역시 매우 민감한 주제이다. 그런데 거기에 반일감정까지 등장했다. 이 정도의 주제면 소설 한 편을 쓸 수 있는 무게이다. 그런데 이 심각한 주제도 역시 수다 속에 묻혀 자연스럽게 진행된다. 그곳에 있는 사람들을 불편하게 하지 않기 때문이다. 깊게 들어가지 않으며, 듣는 사람들도 논쟁으로 삼지 않는다. 반일 감정에 대한 극한을 보여주는 대화를 신옥은 "아주머니, 올림픽은 언제 끝나요?"라며 또다시 새로운 수다를 향한 길을 만든다. 이후는 안 봐도 알 만하다. 이제 올림픽 이야기를 할 때가 온 것이다.

---

52) 〈사랑의 예감〉, 38쪽.

2) 갈등의 남성 언어와 치유의 여성 언어

강조했던 것처럼 〈사랑의 예감〉은 많은 대화로 구성되어 있다. 그 중 여성들의 대화는 지극히 평화로우며 공존의 가능성을 보여주었다. 갈등이 존재하지 않는, 아니 정확하게 말하자면 갈등을 발생시키지 않으려는 조화와 화해의 대화 방식은 자신들의 생각을 마음껏 표출시키며 때로는 마음속에 담아 두었던 불만들도 남김없이 분출시키기에 응어리가 남지 않는다. 응어리가 없다는 것은 갈등의 여지가 남아 있지 않다는 것이다.

그런데 이와는 대조적으로 남성들의 언어에는 수다가 존재하지 않는다. 남성들의 언어에는 수다 대신에 이성과 합리주의로 포장된다.

> "이 시계는 신옥이 사서 채워 준 것입니다. 시계 속의 시간은 이 순간도 쉼임 없이 흘러가고 있습니다. 그러나 그것은 만든 시간입니다. 시간을 잘라 내서 인간이 만든 거죠. 1905년에 아인슈타인은 상대성 법칙을 발견해서 뉴턴적인 생각에 사로잡혀 있는 세상을 경악케 했습니다. 공간이란 3차원이 아니고 시간과 공간은 따로 존재하는 것이 아니라는 거죠. 빛의 속도로만 가면 시간은 정지한답니다. 밴쿠버에서 저는 닥터 유하고 이런 얘기를 밤새워 했었습니다. 닥터 유는 저와 대화가 가능한 분이더군요.
> 인간이 시간을 잘라 내서 기계를 만들었다고 말할 때 신옥의 남편은 손바닥을 옆으로 세워 가지고 탁자 위에다 칼질하는 것 같은 시늉을 했다. 그 몸짓에는 왜인지 섬뜩하도록 노여움이 깃들여 있었다.[53]

그동안 세상을 지배해온 것은 남성들의 언어였다. 남성들이 구상한 세계는 그들의 언어를 통해 현실화되었다. 남성들은 이성과 광기를 분별했으며, 이러한 틀을 통해 세계를 해석하려고 하였다. 남성들에게 이성은 곧 수학적 인식이었다. 세계는 이성의 산물인 수학을 통해 세계를 설명할 수 있었고, 그것이 갈릴레이, 뉴턴 그리고 아인슈타인으로 이어지는 이성의 계보였다. 이러한 분별은 과학에 멈추지 않았다. 이성의 반대편은 야만과 광기였고 이성을 담지하지 않는 공간은 파괴와 정복 그리고 계몽의 대상이었다. 그러나 그 어느 집단도 순순히 물러나지 않았기에 정복과 계몽의 앞에는 언제나 폭력이 서 있어야 했다. 그래서 남성의 언에는 "왜인지 섬뜩하도록 노여움이 깃들여" 있는 것이다. 스스로 명징하다 일컫는 남성의 언어야말로 명징한 폭력성이 내재되어 있는 것이다. 그래서 그들은 "만일 우리가 연쇄 살인범이라면 어떤 사람들을 골라 죽일 것인가 그런 토론"을 한다. 여성들의 언어와는 너무나 다른 세계이다.

> ① 우리 집에 문제가 있다면 그건 절대 술과 무관합니다. 술 때문이 아니고 이 사람이 나한테 잔소리를 할 때 내가 잔다는 데 있습니다. 잔소리가 자장인 듯이 잠이 오는 겁니다. 신옥이는 말하다가 내가 듣는 것이 아니라 자고 있다는 걸 알고는 쑥스러워서 그만 둡니다.[54]

---

53) 〈사랑의 예감〉, 54쪽.
54) 〈사랑의 예감〉, 57쪽.

② 대화는 피곤합니다. 내가 관찰한 바에 의하면 부부 사이에는 대화가 오히려 없는 것이 좋습니다. 각자의 위신을 세우며 자신만의 생활을 가질 수 있어야겠죠. 사람은 누구나 다 그만이 가진 요구가 있습니다. 어떤 이는 사랑을 한답시고 주고 주고 주고, 어떤 이는 주고받고 주고받고, 어떤 이는 받고 받고 받고, 그런데 어떤 이는 시간과 공간을 줍니다.[55]

③ 해결점을 발견할 수 없을 때는 차라리 불편한 상태 그대로를 보고 있는 게 낫겠죠. 우리는 불편한 것은 쓸어내 버리며 내 것이 아닌 듯이 그러죠.[56]

위의 대화는 모두 남성들의 대화에서 나온 것이다. 그들은 여성이 대화를 통해 화해와 공존, 평화를 바라는 것과는 다르다. 아내 신옥은 문제의 해결을 위해 대화를 요한다. 하지만 신옥의 남편은 문제 해결의 출발인 대화 자체를 거부해버린다. 잠을 자버리는 것이다. 이것은 폭력이다. 해결을 바라는 상대의 시도를 거부한다는 것이고 여기에는 상대를 위한 배려 따위는 존재하지 않는다. 남성들에게 대화는 일종의 '피곤'한 무엇이다. 가장 친밀한 관계인 부부 사이에도 남성은 위신과 자신만의 생활을 요구한다. 그래서 문제가 생기면 급기야 "해결점을 발견할 수 없을 때는 차라리 불편한 상태 그대로를 보고 있는 게 낫겠죠"라는 결론에 이르게 된다. 여성의 수다와 남성의 독백은 다양한 대화의 형태라기보다는 소

---

55) 〈사랑의 예감〉, 58쪽.
56) 김지원, 〈사랑의 예감〉, 72쪽.

통의 지속과 부재라는 의미를 띠고 있다. 여성의 수다는 대화의 지속을, 남성의 독백은 결국 강요와 폭력이라는 양상으로 나아간다. 하나는 치유를, 하나는 단절을 야기하고 있는 것이다.

여기서 주목해야 할 점은 이들이 풀어 놓는 수다가 단순한 언어의 나열이 아니라는 데 있다. 일반적으로 침묵은 '말하지 않음', '자신의 의견을 피력하지 않음'처럼 수동적이고 부정적인 의미를 가진다. 말하는 것을 상위에 놓는다면, 침묵은 하위에 놓이게 된다. 침묵은 말에 비해 불완전하고 부족한 것으로 이해되나. 이런 관점은 이성주의에 기반을 둔 것이다. 그러나 수다와 침묵의 관계를 이처럼 단순화 시킬 수는 없다. 20세기에 들어서 현대 언어학은 언어에 대해 새로운 인식을 갖게 되고, 수다와 침묵의 관계도 새로운 관점에서 조명된다.[57] 장미와 신옥이 풀어 놓고 있는 언어들이란 곧 그동안 남성중심주의가 낳은 파국의 문제점들을 치유하고 새로운 세계를 건설할 수 있는 가능성의 표상이다. 즉 그들의 대화는 남성의 권력을 넘어서려는 페미니즘의 시각을 보여주고 있다. 페미니즘에서 일반적으로 말하고 있는 것 중의 하나가 바로 차별과 차이의 구별이다. 페미니스트들은 여성은 남성과 다르므로 그 차이를 존중해야 한다고 한다. 줄리아 크리스테바(J. Kristera), 뤼스 이리가라이(L. Irigaray), 엘렌 식수(H. Cixous), 모니크 위티크(M. Wittig) 등은

---

57) 이상복, 「수다와 침묵의 드라마투르기」, 『한국문학이론연구』33, 2008. 4, 447쪽.

모두 여성성 자체를 남성중심적 사고방식에 대한 도전장으로 삼는다.

특히 이리가라이는 남녀 신체의 특징을 그대로 그들의 문화에 연결되는 것으로 보았다. 남성끼리의 문화는 여성의 관용성과 달리 다른 성이 가져온 것을 사회에서 배제해 버린다고 하였다. 즉 여성의 몸은 차이를 존중하는 반면, 가부장제 사회라는 거대한 남성의 몸은 차이를 배제하고 계급 서열로 구성되어 있다는 것이다. 이런 가부장제는 노동자 계급의 착취로 자본주의가 유지되는 것처럼 여성 착취로 가부장적 사회질서를 존속시키고 있는 것이다. 이리가라이는 여성은 사용가치와 교환가치를 모두 지니고 있는데, 가부장제에서는 여성에게 교환가치의 역할만을 부과하여 시장에 내놓은 상품처럼 취급한다고 분석한다. 결국 이 같은 사회에서 여성의 역할은 처녀, 어머니, 창녀라는 범주만을 갖게 된다는 것이다.

이리가라이의 이러한 논의는 여성과 남성의 권력지향점을 각각의 몸에서 찾고 이것이 남성과 여성의 언어를 가르는 계기가 되었다고 말하고 있다. 이리가라이는 남성의 성욕이 음경에 집중되어 있고, 여성은 다수의 성기관을 가지고 있다는 것을 이용해 남성의 언어는 이성의 논리에 초점을 맞추고 있지만, 여성의 언어는 여성의 몸 도처에 성기관을 가지고 있는 것처럼 직선적이지 않고 일관성이 없다고 한다. 즉 남성의 언어는 중앙집권적(독재, 폭력 상징)이고, 여성의 언어는 지방 분권적(다양성, 평화 상징)이라는 것이다. 그래서 성에 관련된 여성주의적 구별에 중요한 것은 남성적 글과 여성적 글 사이의 대조이다. 일부의 비평가들은 그러한 것은 존재하지 않는다고 하며, 글 자체가 남성적이거나 여성적으로 분류될 수 없다고 주장한다. 그러나 이리가라이에게 성의 해방은 곧 언어의 변화를 의미하며, 주체로서 자신을 언어로 표현하는 것이다.58)

이리가라이의 논지는 우리가 말하고 있는 '수다의 언어'와 일치하고 있다. 남성의 언어는 그들의 신체처럼 중앙집권적이었다. 남성들은 이성과 합리성을 말해왔지만 실상 그것이 낳은 것은 전쟁과 가난 그리고 억압과 착취의 흔적뿐이다. 이성은 아도르노의 말처럼 도구적 이성 그 이상이 아니었으며, "아우슈비츠 이후 서정시를 쓰는 것이 야만"이 된 것은 남성의 언어 때문이었다. 그러나 여성의 언어, 즉 '수다'는 다르다. 남성의 언어처럼 명징한 이성의 확인을 위해 논쟁을 일삼거나 타자를 생산하지 않는다. 여성들의 수다는 자연스럽고 평화스러운 소통의 방식을 보여주고 있으며, 그 가운데 조용한 질서를 형성하고 있다. 갈등을 유발하는 근원인 언어를 대량으로 쏟아내면서도 그들의 서사에 갈등이 존재하지 않는 것은 이처럼 수다가 가지고 있는 공존과 평화 그리고 타자를 인정하는 정

---

58) 서동수·여지선, 『성담론과 한국문학』, 박이정, 2003, 102~103쪽.

신 때문인 것이다. 여성들의 수다는 남성들의 언어마저도 수다로 전환시키는 힘을 지니고 있다. 남편들과 함께 하는 대화에 여성의 언어가 스며드는 순간 갈등과 반목을 야기하는 남성들의 언어도 '수다'가 되어 버린다. 그래서 2쌍의 부부가 나누는 수다는 남과 여의 대결의 장이 아닌 4명의 평화로운 존재들의 대화의 장이 된다. 김지원의 〈사랑의 예감〉을 눈여겨보아야 하는 이유가 바로 여기에 있다.

3) 흐르는 삶과 계획된 삶의 변주

이 작품에 등장하는 두 명의 여인, 장미와 신옥. 그녀들은 어린 시절 소꿉놀이 친구였으며, 현재는 모두 남편의 아내이다. 그녀들은 미국이라는 낯선 공간에서 매우 우연한 방법으로 만나게 되었고, 수다라는 형식을 통해 서로의 안부와 관계를 지속하고 있다. 그녀들의 대화는 여전히 평화적이며 화해와 공존의 세계를 만들어가고 있지만, 그 안에는 미세하면서도 결정적으로 다른 양상이 있었는데, 바로 삶을 지속시키고 관계를 형성하는 방식의 차이가 그것이다.

장미, 현재 미국에서 거주하고 있으며 대학에서 미학을 가르치고 있는 10년 연상의 남편과 함께 살고 있다. 그녀와 남편의 관계는 무척 자유스러워 보인다. 서로에 대한 지나친

구속이나 강요는 없다. 그들은 서로의 공간과 시간에서 제 역할을 하고 있을 뿐이다. 그러한 삶의 양식은 그들의 공간에도 그대로 나타나고 있다.

가죽 소파에 앉으며 신옥은 마음 붙일 곳이 없는 방이라고 생각했다. 입구 쪽에 스토브와 싱크대 같은 부엌 설비가 있고, 휑하니 넓은 공간에 다탁과 의자들이 한구석에 모여 있고, 그러고는 저쪽 벽에 붙여서 컴퓨터 같은 전자 기계들이 스산히 놓인 책상이 있었다. 서가만으로 모자라 책은 마루 한편에 높이 쌓여 있고 신문지와 잡지 같은 것들은 다탁 주변에 흐트러져 있었다. 소파 위 벽에 붙은 그림은 연기 나는 공장 굴뚝을 연상시키는 것이고 전화기 옆에 있는 게시판에는 약속 메모와 공문, 영화, 미술 전시회 등의 프로그램이 아무렇게나 붙여져 있었다.[59]

매사에 계획을 갖고 삶에 임하는 신옥의 눈에 장미의 주거지는 "마음 붙일 곳이 없는" 곳이다. 장미의 집은 그녀의 삶처럼 다소 어지러진 것처럼 산만할 정도이다. 하지만 그녀의 삶이 산만한 것은 아니다. 그녀는 모든 삶을 자연스러운 것으로 받아들일 뿐이다. 하지만 신옥의 삶은 전혀 다른 방식으로 이루어져 있다. 그녀의 모든 삶은 계획 속에서만 존재한다.

신옥은 한 번뿐인 삶을 대단히 잘 살아 볼 작정이었다. 그러려면 다가오는 미래를 수동적으로 맞이할 것이 아니라 계획해서 내가 만

---

59) 〈사랑의 예감〉, 32쪽.

들어 내야 한다는 생각이었다. 그녀는 연극이나 음악회, 미술 전람회에도 문화 주사를 맞는다는 기분으로 열심히 다녔다. 장차 교양 있는 주부, 교양 있는 아내, 교양 있는 엄마가 되기 위함이었다.[60]

신옥은 모든 삶을 계획 속에서 이루려 하고 있다. 계획은 그녀의 삶을 윤택하게 해줄 뿐만 아니라 완성시켜 주는 무엇이었다. 그래서 신옥은 "결혼은 스물여덟에 하고 작년에는 집을 지었구. 올해는 허니문이야. 허니문이 끝나고 한국에 돌아가면 가정을 꾸려야지. 아들 딸 구별 없이 둘만 낳고 싶어."라고 말하고 실제 계획대로 지금은 허니문 중이다. 그녀의 허니문 목적은 될 수 있는 대로 많은 것을 보고 가는 것이었다. 그래서 오랜만에 만난 장미와의 대화 가운데서도 그녀는 빨리 거리로 나가고 싶어 했다. "모레면 귀국인데 그 전에 쌍둥이 빌딩도 가보고 자유의 여신상도 구경하고 서클라인이라고 하는 맨해튼을 도는 유람선도 타야" 했기 때문이다. 또 "그리니치빌리지에 가서 이선생이 그랬듯이 와인에 곁들여 스파게티 요리도 먹어 보고 싶고, 그리고 무엇보다도 메트로폴리탄 미술관과 현대 미술관, 링컨 센터, 소호의 갤러리를 둘러보며 문화 주사"를 맞고 싶어 했다.

"아마 신옥이는 노벨상 수상자의 정자가 어디 있는지 알기만 한다면 집을 팔아서라도 살 겁니다. 저 사람의 인생 모토가 미래는 자기

---

60) 〈사랑의 예감〉, 30쪽.

손으로 만들어 간다는 것이거든요. 우린 계획대로 집을 지었고 계획대로 신혼여행을 하고 있으니 이제 집으로 돌아가면 아이를 가질 겁니다.

　이번 여행을 위해서 신옥이는 영어 공부를 얼마나 열심히 했게요. 집을 짓는 와중에도 허리에다가는 워크맨을 차고 헤드폰은 머리에 끼고…… 우린 집을 완성했고…… 예산은 좀 초과했지만 말입니다.…… 그리고 신혼여행을 지금 하고 있는 중이니 이제 집으로 돌아가면 아이를 가질 겁니다. 방법은 나에게 묻지 마십시오. 사과를 손에 쥔 건 신옥이니까요."[61]

　신옥의 남편마저도 그녀의 계획성에 놀라고 있다. 신옥은 스스로 정한 바대로 움직였다. 결혼도 그렇고, 신혼여행도 그리고 자녀문제도 이미 모든 계획 속에 포함되어 있다. 남편의 말대로 방법을 물을 필요가 없다. 사과를 쥐고 있는 것은 신옥이기 때문이다. 그렇다면 이러한 계획성은 좋은 것인가? 모두가 계획대로 움직여 준다면 모든 세계는 질서정연하고 계획대로 움직여주는가? 우선 신옥의 남편은 무척이나 편안한 삶일 수 있을 것이다. 집을 새로 짓는 와중에도 신옥의 남편은 걱정이 없다. "회사에 나가느라고 관여할 시간도 없었지만 관여할 필요도 없"었다. 집을 짓는 동안 그녀가 '총지휘'를 했으며 그것은 "바로 초인의 경지"였기 때문이다. 그만큼 그녀는 계획과 그 실천에 철저했다. 하지만 그녀의 계획이 철저하면 철저할수록 남편의 불만은 커져만 갔다.

---

61) 〈사랑의 예감〉, 62~63쪽.

① 결혼은 사회를 위해서 있는 것이지 그 안에 들어 있는 사람을 위해 있는 건 아니라고 봅니다. 신옥이는 내 발목에다가 쇠사슬로 우리 집을 묶어 놨습니다. 결과로 나는 신옥이란 여성에 대해 아쉬운 것이 전혀 없는 남성이 됐습니다. 저 여성은 내 집 속에 항상 있을 것이다, 그러므로 나는 저 여성의 기분이나 의견을 상관할 필요가 없다 그런 겁니다. 그러나 아이를 갖는 문제가 이슈로 떠오르면 간단해지지가 않습니다. 부모님까지 신옥이와 함께 성화입니다. 인생은 무거워서 좀 누웠다가 가고 싶지만도 계속 가야합니다. 나는 세상에는 중요한 사람이 아닐지 모르나 나를 아는 몇 사람한테는 아주 중요한 사람입니다. 내가 말을 안 들으면 그 삶들이 나를 싫어할 것 같고 미안하고……그 사람들이 나를 어떻게 생각하나 하는 것이 빤히 보여서 난 내가 누군지 모르겠습니다.[62]

② "인생의 길에서 나는 누가 뭐래도 사랑의 삶을 살기로 선택을 했어."

"그걸 누가 뭐래니?"

"그건 말이야. 오빠가 내 심장을 이렇게 두근거리게 하는구나 하면서 잠도 못 자고 밥도 못 먹고 드러누워서 앓는 그런 사랑이 아냐. 네 말이 맞는지도 몰라. 네 말처럼 내가 머리로 선택을 했다 치자. 나는 그 선택에다가 내 심장을 끌어다 넣었다. 저기 TV는 그냥 상자곽이지만 전파에 연결이 되면 그 안에서 여러 가지 일들이 일어나잖니."(…중략)

"뭘 하든지 간에 내 안에는 나를 보고 있는 변함없는 내가 항상 있어. 난 다른 사람들한테도 그런 게 있겠지 싶어. 오빠가 화를 내거나 기분이 침울할 때 나는 오빠가 정말로 그런가 싶어져. 오빠 속에도 모든 걸 보고 있는 또 하나의 오빠가 있겠지 해. 난 종이 인형을 가위로 오려 내듯 그 오빠를 그려낼 수 가 있어. 어린애들은 크레용으로 이런 집도 그리고 저런 길도 그리고 이런 엄마도 그리고 저런 아빠도 그리지. 근본으로 가면 이 세상은 그렇게 우리가 크레용으로 그려 내는 게 아니니?"[63]

---

62) 〈사랑의 예감〉. 60쪽.

63) 〈사랑의 예감〉. 68쪽.

신옥은 모든 행복이 계획에서 나온다고 맹신하고 있다. 그리고 그 계획은 "사랑의 삶을 살기" 위한 것이다. 그래서 그녀는 모든 것을 계획한다. 집을 짓는 것도 결혼을 하는 것도 신혼여행을 하는 것도 자식을 낳는 것까지 모두 계획하고 그대로 실천한다. 그리고 삼복더위에도 집안에서 투피스를 입고 목에는 진주 목걸이를 하고 있다. 장미가 옷을 갈아입으라고 말하지만 "아무리 더워도 스타일을 구길 순 없어."라고 말한다. 왜냐하면 "가만히 있어도 멋있는 여자가 아니"기 때문이란다.

그렇게 하면 남편과 행복한 삶을 살 수 있을 거라 생각하고 있는 것이다. 신옥은 남편에 대해 잘 안다고 생각한다. 잘 아는 것도 계획의 일부이다. 신옥의 남편이 출출하다는 말을 하면 신옥은 "용수철이 튕기듯이 일어나 사방 벽에 부딪히며 벌써 부엌으로 가고" 있다. 그리고는 "내가 비빔국수를 만들게요. 오빠는 시고 얼큰하게 무친 국수를 참 좋아해요"라고 말한다. 신옥의 남편에게는 선택의 여지가 없다. 때로 다른 맛의 국수를 먹고 싶어 해도 소용없다. 신옥에게 그는 "시고 얼큰하게 무친 국수를 참 좋아"하는 남편이기 때문이다. 국수를 삶는 때가 있다. 오빠는 "국수가 딱 알맞게 삶아져야 좋아"하기 때문이다.

이러한 신옥에게 느끼는 남편의 반응이란 "발목에다 쇠사슬"이 묶여 있다는 느낌이다. 그 결과 신옥의 남편은 신옥에게 전혀 아쉬운 것이 없는 남성이 된다. 이제 그들은 부부라기 보다는 "저 여성은 내 집속에 항상 있을" 존재이기에 "저 여성의 기분이나 의견을 상관할 필요가 없"는 타자가 되어버렸다. 신옥의 계획 속에 남편의 저러한 반응은 포함되어 있지 않았다. 장미는 신옥 남편의 감정을 눈치 채고 있었다.

> "보니까 넌 모든 걸 노력과 의지의 차원에서 해결하려고 하고 있어. 현실이 자신에게 맞지 않고 희생만 강요할 때는 직시하고 현실을 바꾸는 용기가 필요하다고 봐. 변하지 않으면 계속 같은 경우에 처하게 되잖니. 난 오늘 저녁에 봤다. 미스터 리가 원하는 것은 시간과 공간이더라. 미스터 리는 마음속에 노여움이 잔뜩 쌓였더라. 미스터 리는 국수를 먹자는 게 아니었어. 봐라 애."[64]

장미는 신옥의 삶이 주변의 사람들을 얼마나 힘들게 하는지 알 수 있었다. 신옥의 남편은 삶이 버거웠다. 때론 "인생이 무거워서 좀 누웠다가 가고" 싶어 하지만, 아내 신옥이 "나를 싫어할 것 같고 미안하고 그 사람들이 나를 어떻게 생각하나 하는 것이 빤히 보여서" 그는 여전히 힘든 삶을 지속하고 있다. 그래서 그는 "시간과 공간이 필요합니다"라고 말하고 있는 것이다. 그에게 행복은 "지극히 사사로운 감정이어서 무리하게 강요해서"는 안 될 것이기 때문이다.

신옥이는 "매사에 열성스럽고, 보통 아니게 몸을 가꾸고, 보통 아니게 어른들의 환심"을 사지만, 정작 그녀가 원하는

---

64) 〈사랑의 예감〉, 67쪽.

단 한 사람, 자신의 남편은 신옥의 "손이 닿는 곳 너머로 냉큼냉큼 물러"나고 있는 것이다. 이런 것을 알고 있는 장미는 신옥에게 "모래 속에다 고개를 처박고는 세상도 저를 못 보는 줄로만 아는 타조"라고 말한다. 하지만 신옥은 장미의 말을 인정하지 않는다. 남편은 노여움을 갖고 있는 것이 아니라 "고단"한 것으로 이유를 돌리고 있다. 밤새 고속버스를 타고 아침에야 뉴욕에 도착했고 의자에 장시간 앉아 있다 보니 그렇게 되었다는 것이다.

> "나무는 나무일 뿐인데 너는 나무한테다가 네 마음을 집어넣고 나무를 미치게 하는구나. 사람은 항상 열려 있어야 한다고 봐. 그런데 어떤 사람들은 자기가 믿고 있는데 꽉 막혀 다른 걸 받아들이려 하질 않아. 그거야 나도 그래. 마음은 항상 같은 것을 원하지. 믿고 있는 것만을 느끼고 안심하고 싶지. 그러고 있으면 저 하나야 한없이 편하지."65)

신옥은 사랑이라는 이름하에, 행복이라는 이름하에 바보상자인 TV에 "심장을 끌어다" 놓고, 나무에 마음을 집어넣고 나무를 미치게 하고 있다. 그녀의 계획은 일방적인 것이었고, 그것은 절대적인 것이었다. 고개를 모래에 처박고는 세상을 못 보는 줄로만 아는 타조가 바로 신옥이었던 것이다. 사실 신옥도 자신의 삶이 불안하다는 것을 알고 있다. 신옥은 "한 걸음 한 걸음 …… 하나의 발을 힘차게 내딛고 그 다음 한 발

---

65) 〈사랑의 예감〉, 69쪽.

을 그 앞으로 …… 다시 뒤에 남은 발을 잡아당겨 또 한 번" 움직이는 것은 "빛나는 해를 바라보듯 밝은 미래"를 위한 것이었다. 하지만 "힘찬 발걸음 밑에 깔린 길은 짙은 안개", 즉 "초조, 실망, 낭패 같은 감정들이었다. 그녀가 이러한 불안의식에 휩싸이는 이유는 실제 현실은 계획과는 전혀 다른 방식으로 이루어져 있기 때문이다.

지금 그녀를 둘러싸고 있는 환경과 일어나고 있는 사건들이란 거의 우연적인 것이다. 먼저 이곳에 있는 장미를 만나게 된 과정이 그렇다. 신옥은 맨해튼에서 아주 우연스럽게 장미의 시누이를 만났고, 그 덕에 지금 장미와 나란히 앉자 대화를 나누고 있다. 이런 사건은 신옥의 계획에는 애당초 존재한 것이 아니었다. 또 장미와 그녀가 나누고 있는 대화 가운데 장미가 알고 있는 사람들이 실은 자기와도 관계를 맺고 있다는 사실. 무엇보다도 신옥의 결혼 과정이 그렇다. 신옥은 매우 우연히 버스 안에서 지금의 남편의 시아버지를 만나게 되었고, 그 시아버지 될 할아버지도 신옥을 며느릿감으로 생각한다. 얼마 후 남편을 만난 것도 매우 우연이었으며, 남편은 여자 친구가 있음에도 그녀에게 접근을 했고, 그녀가 마음에 들자 부모님이 몰래 그녀를 볼 수 있도록 해드렸고, 그러면서 시아버지 될 사람은 전에 버스에서 봤던 처녀임을 알고 결혼을 서두른다. "오늘의 선택이 자동적으로 나의 내일이 되는 거야. 인생은 선택의 연속이야"라고 외치던 신옥의 계획 속에 이 어느 것 하나 포함된 적이 없었다. 그렇다. 그녀에게 필요한 것은 다음과 같은 노랫말이었다.

> "신옥 씨, 요즘에도 이런 노래 서울에서 듣습니까?"
> 샤워를 하고 옷을 갈아입고 그러는 중에도 머릿속에서 떠나지 않는 하나의 노래를 장미의 남편은 부르고 싶었다. 그는 장미가 내민 의자에 앉아 노래했다. 내가 너의 얼굴을 밝혀 줄 수우 있다면 빛 하나 가진 작은 벼얼이 되어도 조오겠네. 너어 가는 곳마다 하암께 다니며 너의 기이를 비추겠네.(중략…) 내가 너의 아픔을 만져 줄 수 있다면 이름 없는 들의 꽃이 되어도 조오겠네, 으음 눈물이 고인 너의 눈 속에 슬픈 춤으로 흔들리겠네.[66]

결국 김지원이 말하고자 하는 사랑의 예감이란 남성과 여성의 이성적 감정에 그치는 것이 아니었다. 그녀가 바라는 사랑의 예감은 보편적이며 동시에 인류애적인 넓은 의미이다. 남성과 여성이, 계층, 계급, 이념까지 아우를 수 있는 광폭의 사랑이며, 이는 사람과 사람이 평화롭게 공존할 수 있는 방식에 대한 고민이다. 이를 위해 김지원은 몇 가지를 제시하고 있다. 여성의 수다가 지니고 있는 평화로움과 존중의 속성은 그 자체로 의미가 있지만 그것만으로는 부족하다. 수다는 평화롭지만 남성과의 언어와 충돌할 때는 갈등과 분쟁이 발생할 수 있기 때문이다. 계획된 삶은 어떨까? 하지만 이도 신통치 않다. 세상은 내가 계획한대로 움직인다는 신념이

---

66) 〈사랑의 예감〉, 70쪽.

란 얼마나 허구였는지 신옥을 통해 알 수 있기 때문이다.

그렇다. 사랑의 예감이란 계획의 실천 속에서 나오는 것이 아니라 너의 얼굴을 밝혀주기 위해 빛 하나 가진 작은 별이 되어, 가는 곳마다 함께 다니며 길을 비추거나, 아픔을 달래주기 위해 이름 없는 들판의 꽃이 되는 것을 좋아하는 것이다.

 **나가는 말**

1975년 〈사랑의 기쁨〉으로 문학을 시작한 김지원이 다시 그 〈사랑의 예감〉을 느끼기까지 근 20여 년이 필요했다. 왜 문단 초년생의 '기쁨'이 더욱 증폭되지 못하고 '예감'이라는 다소 후퇴한 모습으로 섰을까? 아마도 이는 김지원의 깊이를 말해주는 것은 아닐까? 저 기쁨의 본연한 모습을 찾기 위해 작가 김지원은 근 20여 년을 방황했어야 했는지 모른다. 그런데도 김지원은 움직일 수 없는 답을 말하지 않는다. 대신 '예감'이란다. 겸손이 아니다. 이제야 그녀는 '사랑의 예감'을 느낄 수 있다고 말한다. 솔직하고 진솔한 이야기다. 그 예감을 위해서 그녀는 작품 속에 거대한 수다를 쏟아 부어야 했다. 혹자는 말한다. 입이 재앙의 근원이라고. 하지만 그것은 남성들의 언어 속에서만 존재하는 것이다. 김지원은 입이야

말로 재앙이 아닌 평화와 공존 그리고 화해의 근원이 될 수 있다고 수다 가운데 슬금슬금 흘려 놓았다. 그리고 그 깊이를 받아들여 1997년 이상문학상 대상을 받았다. 그러나 그녀의 수상소감 안에는 여전히 흘러넘치는 '기쁨'이 없다. 예의 그렇듯이 또 잔잔하다. 동생 김채원으로부터 수상 소식을 듣고 한다는 이야기가 "이제 어떻게 하나. 이등이면 딱 좋았을 것을"이다. 여전히 '예감'의 수준이다. 하지만 예감은 예민한 자들의 몫이다. 김지원은 예민한 촉수를 가지고 있다. 그것을 통해 사랑과 화해와 공존의 예감을 지금도 저 촉수로 더듬어 내고 있는 것이다.

05 참고문헌

김승옥, 「우수의 긴 터널을 나오며」, 『문학사상』, 1997. 3.

김현실, 「운명적 사랑과 자아성취에 대한 현대적 물음」, 『한국 패러디소설연구』, 국학자료원, 1996.

문혜원, 「소설, 근원의 언어를 찾아가는 길」, 김채원, 『물빛 목소리』, 작가정신, 2005.

이제하, 「사랑의 꿈 – 매듭짓기의 의미」, 『한국문학』, 1988. 8.

이태동, 「단절감의 극복을 위한 사랑의 집념」, 『서평문화』25집, 1997 봄.

임금복, 「反 신데렐라의 공주들 – 여성작가가 새로 쓴 김지원, 박라연, 최은옥의 '평강공주'를 중심으로」, 『문학과의식』, 2007 여름.

임선애, 「김지원의 「사랑의 예감」론」, 『여성작가와 문학적 글쓰기』, 아세아문화사, 2006.

06 작가 연보

1942년 경기도 덕소 출생.

1957년 서울 창경국민학교 졸업.

1963년 『여원』에 〈늪주변〉 당선.

1965년 이화여자대학교 영문과 졸업.

1975년 〈사랑의 기쁨〉, 〈어떤 시작〉이 황순원 선생의 추천으로 『현대
　　　　문학』을 통해 등단. 단편 〈먼집〉을 『현대문학』에 발표

1977년 중편 〈잠과 꿈〉 발표. 자매소설집 《먼집 먼바다》(지식산
　　　　업사) 간행.

1978년 단편 〈바닷가의 피크닉〉, 〈알마덴〉, 〈한밤 나그네〉, 〈비〉
　　　　발표.

1979년 단편 〈새벽의 목소리〉(『현대문학』), 〈뒷문 밖엔 갈잎노래〉
　　　　(『현대문학』), 중편 〈폭설〉(『세대』) 발표.

1980년 단편 〈비〉, 〈마의 사랑〉, 〈마술의 생선뼈〉 발표 뉴욕에 거주.

1982년 중편 〈겨울나무 사이〉(『문학사상』), 단편 〈정다운 말씀〉(『소
　　　　설문학』), 〈아내〉(『소설문학』) 발표.

1983년 단편 〈동화〉(『현대문학』), 〈꿈결〉(『문학사상』), 〈차나 한
　　　　잔〉(『현대문학』) 발표.

1984년 중편 〈지나갈 어느날〉(『문예중앙』), 장편 〈멀리서 노래하
　　　　듯이〉(『뉴욕 한국일보』) 연재.

1985년 중편 〈시간과 강물〉(『문예중앙』), 〈편강공주와 바보 언달
　　　　이야기〉 발표.

1986년 단편 〈네 앞의 나〉(『한국문학』), 〈다리〉(『현대문학』), 〈베겟
　　　　머리꿈〉 발표. 장편소설집 《모래시계》(원제는 《멀리서 노

래하듯이》) 간행. 창작집 《겨울나무 사이》(나남) 간행.
1987년 단편 〈어버이날〉(『문학사상』), 〈개 데린 남자〉(『가교문
　　학』), 〈잊혀진 전쟁〉(『현대문학』) 발표.
1988년 단편 〈보이지 않는 사람〉(『문학사상』), 〈희망의 속삭임〉
　　(『현대문학』) 발표.
1989년 중편 〈따로이 흐르는 저 강은〉(『레이디경향』) 발표.
1990년 아이오와 대학교 국제창작 프로그램(IWP) 참가. 중편 〈물
　　이 물속으로 흐르듯〉(『작가세계』) 발표.
1991년 단편 〈강〉(『현대문학』), 〈가족사진첩〉(『문학사상』) 발표.
1996년 자매소설집 『집. 그 여자는 거기 없다』, 장편소설 《소금
　　의 시간》 간행.
1997년 〈사랑의 예감〉으로 이상문학상 대상 수상.
1998년 장편 《낭만의 집》 간행.
2002년 창작집 《꽃철에 보내는 팩스》 간행.
2005년 장편 《물빛 목소리》 간행.

서동수

▍약력

건국대학교 국어국문학과를 졸업했으며, 같은 대학교 일반대학원에서 국문학 석사와 박사학위를 받았습니다. 건국대학교, 극동대학교, 송담대학 등에서 강의를 했으며, 건국대학교 교양학부 강의교수를 지냈습니다. 현재는 건국대를 비롯해 몇몇의 대학에 출강하고 있습니다. 요즘 문학과 기억 간의 관계에 대해 관심을 갖고 연구하고 있습니다. 특히 한국전쟁기 문학과 집단기억에 관해 집필 중입니다.

▍주요 논저

주요 논문으로는 「한국전쟁기 문인과 대동아전쟁의 기억」, 「질병의 수사학과 기억의 정치학」, 「한국전쟁기 반공텍스트와 고백의 정치학」, 「아동영화 〈집 없는 천사〉와 형이상학적 신체의 기획」 등이 있으며, 단행본으로는 『한국현대소설과 이념의 좌표』, 『성담론과 한국문학』, 『글쓰기의 기술』 등이 있습니다.

한국여성작가연구

최정희·김지원

초판인쇄 | 2010년 7월 31일
초판발행 | 2010년 7월 31일

지 은 이 | 서동수
펴 낸 이 | 채종준
펴 낸 곳 | 한국학술정보㈜
주   소 | 경기도 파주시 교하읍 문발리 파주출판문화정보산업단지 513-5
전   화 | 031) 908-3181(대표)
팩   스 | 031) 908-3189
홈페이지 | http://ebook.kstudy.com
E-mail | 출판사업부 publish@kstudy.com
등   록 | 제일산-115호(2000. 6. 19)

ISBN   978-89-268-1456-7 93810 (Paper Book)
       978-89-268-1457-4 98810 (e-Book)

내일을여는지식 은 시대와 시대의 지식을 이어 갑니다.

이 책은 한국학술정보㈜와 저작자의 지적 재산으로서 무단 전재와 복제를 금합니다.
책에 대한 더 나은 생각, 끊임없는 고민, 독자를 생각하는 마음으로 보다 좋은 책을 만들어갑니다.